D1143259

Oneindig

Vertaald door Lilian Schreuder

Nicholas Tchkotoua

Oneindig

Een liefdesgeschiedenis uit de Kaukasus

2009 Prometheus Amsterdam

Oorspronkelijke titel *Timeless* (1949)

© Erven Nicholas Tchkotoua

© 2008 Inleiding Peter Nasmyth

© 2009 Nederlandse vertaling Uitgeverij Prometheus en
Lilian Schreuder

Omslagontwerp Femke Tomberg

Foto omslag Gia Javelidze

www.uitgeverijprometheus.nl

ISBN 978 90 446 1376 6

Inhoud

Inleiding door Peter Nasmyth   7

 1 De barones   19
 2 Grootvader   38
 3 Taya   57
 4 Taya's moeder   73
 5 Broeder Shalva   90
 6 François   112
 7 Ishtvan Irmey   131
 8 Dokter Bauer   151
 9 De baron   173
10 Teresa   195
11 Broeder Varlaam   213
12 Opnieuw de barones   226

Nawoord van de Engelse uitgever   229

Inleiding

In mei 1988 liep een jonge Georgische vrouw naar het kerkhof van de St. Panteleimonkerk in Tbilisi, de hoofdstad van wat toen nog de Sovjetrepubliek Georgië heette. Ze werd vergezeld door twee westerlingen, die hun eerste bezoek aan de Sovjet-Unie brachten. Een van hen droeg een schoudertas met daarin een kistje dat ze langs de douane in Moskou hadden gesmokkeld. In het kistje bevond zich het hart van een man – nu in de vorm van as. Ze arriveerden bij de elegante negentiende-eeuwse kerk, met zijn prachtige uitzicht op de stad en de Kaukasus, in de wetenschap dat ze op het punt stonden een daad van ongehoorzaamheid te begaan tegen de Sovjetautoriteiten. Ze wisten ook dat hun kleine rebellie waarschijnlijk niet veel meer zou zijn dan een onopgemerkt gebaar in het licht van het enorme communistische onrecht dat deze oude natie al 67 jaar werd aangedaan.

De man wiens hart ze bij zich hadden was dat van Nicholas Tchkotoua, de auteur van deze roman. Toen hij Georgië op zestienjarige leeftijd verliet, had hij in zijn ergste nachtmerries niet kunnen bedenken dat zijn land in de drie generaties erna volkomen zou worden afgesneden van de buitenwereld. Evenmin had hij ook maar het geringste vermoeden dat hij voor de rest van zijn leven uit zijn geliefde vaderland zou zijn verbannen. Hij werd samen met zo veel andere Georgische families gedwongen om te vluchten toen het bolsjewistische leger in februari 1921 hun land binnenviel. Hij is er tot aan zijn dood in 1984 nooit meer teruggekeerd. Toen aan het einde van de jaren zestig uiteindelijk beperkt telefonisch contact werd toegestaan, zocht hij niettemin geen contact met de familieleden die waren achtergebleven. De meeste vluchtelingen waren bang dat elke vorm van contact met hun versovjetiseerde familieleden gemakkelijk zou kunnen leiden tot nog meer problemen voor hen, en dat was het niet waard.

Net zoals miljoenen andere Russen, Georgiërs, Azeri's en Armeniërs die waren gevlucht voor de bolsjewistische revolutie, bleef hij zijn hele leven een groot verlangen koesteren om het verboden land van zijn jeugd terug te zien. Toen hij al op leeftijd was, deed zich weliswaar de kleine mogelijkheid van een bezoek voor, maar door ziekte was hij niet meer in staat om de reis te ondernemen. In die tijd gaf hij de wens te kennen dat dan tenminste zijn hart zou worden begraven in het land waar hij was opgegroeid, en waarvan hij het gevoel had dat zowel zijn hart als hij daar thuishoorde.

Hoewel hij van plan was geweest om nog meer boeken te schrijven, bleef *Oneindig* de enige roman die Nicholas Tchkotoua ooit heeft voltooid. Hij schreef het boek halverwege de jaren veertig in het Engels. Het vertelt het verhaal van een jonge man die na een aantal jaren in het buitenland terugkeert naar huis. Het ligt voor de hand dat deze reis in de geest bijna zeker de reis was die hij zelf in het echt zo graag had willen maken. Evenmin lijkt het toevallig dat hij tijdens deze imaginaire pelgrimstocht de liefde in zijn puurste en meest geïdealiseerde vorm ontdekt – in het landschap waar hij die als kind voor het eerst had ervaren. De lezer zal zeker worden getroffen door de intense toon van verlangen en de romantiek van de omgeving die zo voelbaar zijn in dit boek. Zoals de Britse dichter Alfred Noyes opmerkte in zijn voorwoord bij de oorspronkelijke uitgave in 1949, vormt het intense verdriet van de afstand de structuur van deze roman, waar je als lezer van in de ban raakt.

De reden hiervoor is natuurlijk dat het grootste deel van de gebeurtenissen is gebaseerd op de werkelijkheid. De feiten uit het leven van de auteur zeggen al genoeg.

Prins Nicholas Tchkotoua werd geboren in Batumi aan de subtropische kust van de Zwarte Zee in 1905 of 1906. Het jaar van zijn geboorte blijft een beetje onduidelijk door de wanordelijke hoeveelheid documenten die de politieke vluchtelingen van de nieuwe en kortstondige mensjewistische staat Georgië (1918-1921) meenamen. Zijn vader, Shalva Tchkonia, was een welgestelde Georgische zakenman die was getrouwd met prinses Pelagie Tchkotoua – wier naam Nicholas zou gaan voeren nadat hij werd geadopteerd door zijn grootvader van vaderskant (in tegenstelling tot sommige emigranten die hun adeldom creëerden nadat ze gevlucht waren). Terwijl Georgië waarschijnlijk meer adellijke families per hoofd van de bevolking telt dan welk ander land ook, bezat de inmiddels verarmde Tchkotoua-lijn ooit een landgoed in de streek Samourzakano (tegenwoordig Gali) in Georgië. Nicholas bracht de eerste zestien jaar van zijn leven afwisselend door in Batumi, Tbilisi en 's zomers in Montpellier, waar zijn vader een huis bezat. Het grootste deel van zijn opleiding kreeg hij op het gymnasium in Tbilisi – en het was ook in deze Georgische hoofdstad dat zijn verbeeldingskracht werd gevormd. Toen het Britse leger in 1918 Batumi bezette met een garnizoen van 20.000 man, trouwde een Engelse verpleegster die aan het leger verbonden was, met de neef van Nicholas' vader. Deze vrouw – zijn 'tante Veronica', zoals ze later door Nicholas werd genoemd – zou een grote rol gaan spelen in de toekomst van de jonge Georgiër.

In 1921, toen het bolsjewistische leger de Georgische landsverdediging verpletterend versloeg, werd Nicholas door zijn familie naar Frankrijk geëvacueerd – dezelfde bestemming als de gevluchte mensjewistische regering van Georgië. Net als veel andere politieke vluchtelingen vervolgde hij toen zijn opleiding in zowel Parijs als Berlijn, totdat een aanval van ernstige tuberculose hem dwong om te herstellen in de zuivere lucht van Zwitserland. Toen zijn 'tante' hoorde over zijn toestand nodigde ze hem uit om zijn herstel te voltooien in Engeland, wat hij deed. Hij arriveerde er in 1931. Tijdens zijn verblijf bij haar in Chelsea leerde hij snel Engels (zijn vijfde taal) en aangemoedigd door haar vertrok hij in 1933 naar de Verenigde Staten. Na een periode als zanger en artiest in Hollywood leerde hij Carol Marmon kennen, met wie hij uiteindelijk trouwde. Ze was de erfgename van het autobedrijf Marmon, opgericht door Howard Marmon – aan wie het boek *Oneindig* werd opgedragen. In 1940 liet Nicholas zich neutraliseren tot Amerikaans staatsburger. Het echtpaar kreeg zes kinderen en woonde achtereenvolgens in Santa Barbara (waar hij

Oneindig schreef), San Francisco en Mexico. In 1954 verhuisde het gezin naar Europa en vestigde zich in Lausanne. In de jaren erna woonde het ook nog in verschillende andere landen, waaronder Italië, Spanje en korte tijd in Peru. Uiteindelijk is Nicholas Tchkotoua in 1984 gestorven in Lausanne, waar hij zijn huis had aangehouden.

Zijn hele leven slaagde prins Tchkotoua erin, gedeeltelijk met behulp van de rijkdom van zijn vrouw, om trouw te blijven aan zijn Georgische aristocratische idealen, in tegenstelling tot veel andere politieke vluchtelingen uit de aristocratie, die noodgedwongen eindigden als kelner of taxichauffeur in steden als New York en Los Angeles. Bovendien kon hij gevolg geven aan zijn lang gekoesterde interesse in de diplomatieke dienst door uiteindelijk ambassadeur te worden voor de Orde van Malta in Costa Rica, Chili, Peru en Spanje, in welke landen hij een ambassade opzette.

Maar binnen dit kleurrijke leven bleef één factor constant: een gepassioneerde en blijvende belangstelling voor het land van zijn geboorte. Zijn zoon Charles herinnert zich hoe hij regelmatig naar vreemden op straat wees met de opmerking dat ze er Georgisch uitzagen. Hij verleerde het nooit om vloeiend Georgisch en Russisch te spreken. Zijn neef, die was opgegroeid in het Sovjet-Russische Tbilisi, herinnert zich hun allereerste telefoongesprek aan het einde van de jaren zestig, dat hij voerde vanuit Bakuriani, een wintersportplaats in centraal Georgië. Ook al was Nicholas toen al meer dan vijfenveertig jaar weg uit Georgië, toch leek zijn gesproken Georgisch 'heel normaal'.

Voor wat de beschrijving van zijn land vanuit den vreemde betreft: hoewel de toon ervan lichtelijk sprookjesachtig

lijkt, bevatten de euforische beschrijvingen van het landschap en de mensen voor degenen die Georgië hebben bezocht – een land met vierenhalf miljoen inwoners, dat zit
ingeklemd tussen de Grote en Kleine Kaukasus – toch een
klank van waarheid. Het moet een indrukwekkende ervaring zijn om voor de Grote Kaukasus te staan, zoals de
hoofdpersoon Sjota diverse keren doet. In de negentiende
eeuw zorgde de aanblik er al voor dat Poesjkin, Lermontov
en Tolstoj vol ontzag omhoog keken, en vele pagina's literatuur die teruggaan tot aan de tijd van Marco Polo, zijn erdoor geïnspireerd. De bergen zijn hoger en woester dan de
Alpen en de mensen die onder de enorme pieken leefden,
hadden hun kenmerkende cultuur en taal (en schrift) ontwikkeld onder de constante bedreiging van lawines, aardverschuivingen, overstromingen en de vele binnenvallende
legers die zich door de passen van deze strategische rots-
verdeling tussen Europa en Azië drongen. Als gevolg daarvan bezit Georgië een onevenredig hoog aantal indrukwekkende kastelen op de toppen van heuvels en wachttorens
uit de twaalfde eeuw. In sommige afgelegen streken komen
misschien zelfs nog bloedvetes en het ontvoeren van brui-
den voor (zoals beschreven in dit boek). Verder heeft het
land woestijnen, vruchtbare alluviale valleien en de oudste
wijncultuur van de wereld. In het westen is ook nog eens de
subtropische kust van de Zwarte Zee (waar Samourzakano
zich bevindt). Dit heeft Georgië open gehouden voor de
wijde wereld nog voor de tijd van de Grieken (Jason zeilde
naar Colchis, de oude naam voor West-Georgië, om het
Gulden Vlies te zoeken). Voor wat betreft landschappelijk
schoon behoort Georgië tot de top twaalf van de wereld –
een bijzonder statistisch gegeven voor een land dat kleiner

is dan Ierland. Het is dan ook geen wonder dat de meeste Georgiërs die hun vaderland hebben verlaten, vervuld worden van nostalgie en de behoefte om terug te keren.

Aan het begin van het boek citeert de hoofdpersoon Sjota dan ook zijn grootvader, die hem als kind adviseert om door de wereld te reizen, simpelweg 'om zeker te weten dat er geen mooiere plek op aarde bestaat dan ons eigen land.'

Dit heeft Nicholas Tchkotoua, zij het onopzettelijk, een groot deel van zijn leven zelf gedaan. Ook al schreef hij *Oneindig* nadat hij al vijfentwintig jaar uit zijn vaderland weg was, toch is zijn herinnering scherp gebleven en is die minder overdreven dan sommigen misschien denken. Zo vinden de steektoernooien of *jiritoba* nog steeds plaats, zij het op bescheidener schaal, in hooggelegen bergdorpen van bijvoorbeeld de streek Khevsureti. In zijn tijd waren ze waarschijnlijk net zo kleurrijk als beschreven in het boek, omdat de Sovjetverplaatsing van mensen in de hoge Kaukasus nog niet had plaatsgevonden. Misschien nog interessanter is het stuk waarin de jonge Georgische prins weer thuiskomt en ontdekt dat zijn grootvader hem heeft onterfd door zijn landerijen weg te geven aan de feodale boeren. Dit is inderdaad gebeurd in Georgië. Een aantal analisten gelooft, en men veronderstelt dat Nicholas Tchkotoua een van hen was, dat als hetzelfde zou zijn gebeurd in het Russische Rijk, de Russische Revolutie bijna zeker zou zijn afgewend.

Eén element van de plot vraagt misschien om een nadere toelichting voor de moderne lezer – de ogenschijnlijk vreemde reactie op de diagnose van tuberculose. Er dient te worden opgemerkt dat die niet zo uitzonderlijk was in de tijd dat het grootste deel van de roman zich afspeelt (1897-1899). De doktoren geloofden toen nog dat de ziekte erfelijk en ongeneeslijk was – een soort doodvonnis dat van generatie op generatie ging. Als je in die tijd te horen kreeg dat je tuberculose had, was dat net zo erg als de diagnose kanker in onze tijd. Verder kende Nicholas Tchkotoua de ziekte goed uit eigen ervaring. Het is mogelijk dat zijn beschrijvingen van het randgebied van het bewustzijn hierdoor zo ongewoon krachtig zijn, en hebben bijgedragen aan het ontwikkelen van het diepere thema van de roman over een onzichtbaar bestaan buiten de feitelijke tijd of herinnering.

De ontdekking van deze roman op een boekenplank in een tweedehands boekenwinkel in het Londense Camden Town kwam als een grote en prikkelende verrassing. Zelfs nu zijn er nog nauwelijks romans die zijn geschreven door Georgiërs, laat staan dat ze internationaal verkrijgbaar zijn. Behalve een paar zeldzame vertalingen uit het Sovjettijdperk en wat onvertaalde moderne romans is er bijna niets wat een helder literair licht kan werpen op de gedachteprocessen en emoties die het speciale 'Georgische' karakter bepalen – van binnenuit.

In dit opzicht zullen sommigen misschien vergelijkingen maken met die andere bekende liefdesgeschiedenis uit de Kaukasus, geschreven in dezelfde periode: *Ali en Nino* van Kurban Said (de schuilnaam van de Azerisch-Russisch-joodse Lev Nussimbaum). Het is interessant dat beide schrijvers werden geboren rond hetzelfde jaar, 1905, en dat ze allebei in 1921 vanuit de Georgische havenstad Batumi naar Frankrijk vluchtten. Allebei trouwden ze met een Amerikaanse erfgename en allebei schreven ze een geromantiseerd liefdesverhaal met hun vaderland als decor, met de stem van een jonge man die ongeveer hun eigen leeftijd had op het moment dat ze hun Kaukasische vaderland verlieten.

Maar terwijl de schrijver van *Ali en Nino* al een paar jaar schrijver van beroep was toen hij zijn bekendste werk schreef, dat zich voornamelijk in Bakoe afspeelt, ontstond *Oneindig* meer als een instinctieve reactie op een bepaalde situatie en speelt het zich af in Georgië. Voor dit boek had Nicholas Tchkotoua heel weinig geschreven – alleen wat stukjes journalistiek. Zijn stijl is veel eenvoudiger en past misschien wel beter bij de stem van een jonge man van die leeftijd. De liefde op het eerste gezicht van de jonge Sjota voor zijn Taya is er een van totale en grenzeloze toewijding.

Het is interessant dat de Georgische cultuur een term heeft voor deze toestand van volledige toewijding – in het woord *guli* in het Georgisch (wat 'hart' betekent). In het algemeen wordt er geloofd dat als daden met het hart worden verricht, ze kunnen worden vergeven – zelfs als ze verkeerd zijn. Dit boek is een krachtig voorbeeld van dit principe; het wordt zelfs min of meer uitgelegd in hoofdstuk 7, 'Ishtvan Irmey', waarin de Hongaarse violist verklaart dat muziek alleen waardevol is als die het product is van een samensmelting van 'hart... geest en ziel'.

Dit boek is geschreven met datzelfde Georgische hart en gaat bijna zeker over een liefde die echt heeft bestaan (er is enig bewijs van een echte Taya in het leven van de auteur). Maar hier dient te worden verwezen naar een ander heel centraal element in de Georgische cultuur – de verering van de liefde zoals die wordt beschreven door de nationale dichter van Georgië, Sjota Roestaveli.

Dit is een essentieel element in de klassieke cultuur van de Kaukasus. In *Oneindig* wordt diverse keren verwezen naar *De ridder in het pantervel*, een heldendicht uit de twaalfde eeuw van Roestaveli. Het uit 1631 verzen bestaand gedicht begint met de nederige dichter, Roestaveli zelf, die zijn onsterfelijke liefde verklaart voor zijn koning Tamara (in het boek geschreven als Tamar – zie het nawoord voor een toelichting over spellingswijzen). In *Oneindig* bezit Nicholas Tchkotoua's eigen Sjota ook een gelouterde en vervolmaakte toewijding voor zijn Taya. Hier is de aloude 'stem der liefde' opnieuw hoorbaar – het soort liefde dat sterk doet denken aan die uit verhalen die verder naar het zuiden worden aangetroffen in de soeficultuur van Perzië en nog verder weg. De gebruikelijke associatie met toegewijde liefde komt voort uit de islamitische, Arabische en hindoeïstische cultuur – maar Sjota's liefde is christelijk, wat het extra interessant maakt. Het lijkt dat zijn liefde zo diep is dat die onmogelijk enkel menselijk kan zijn. In *Oneindig* maken we kennis met broeder Shalva, die iets van een heilige heeft. Hij haalt de hopeloze liefde van Roestaveli voor zijn koningin aan als een voorbeeld van een dilemma van individuele passie dat kan worden opgelost door het te plaatsen in de context van Gods liefde. Voor de moderne westerse lezer die is grootgebracht met de erfenis van hoofse liefde, daarna de negentiende-eeuwse romantiek, het sublieme en de denkbeelden van goddelijke poëtische liefde, is het verleidelijk om een verband te zien tussen de twaalfde en de twintigste eeuw, en de religies van het Nabije Oosten en West-Europa hierin, met het elementaire verhaal van een man die een vrouw ontmoet.

Aan het begin van hoofdstuk 4 verklaart de jonge Sjota:

'Ik hield al van Taya toen de aarde nog leeg en zonder vorm was, en duisternis boven de diepte hing. En ik zal nog van haar houden als de aarde verandert in een waterloze, luchtloze, bevroren bol die doelloos door de zwarte en dode eindeloosheid draait.' Nu, diverse decennia na de dood van de auteur en zestig jaar nadat hij deze woorden opschreef, heeft die beschrijving een zekere scherpte gekregen. Hij en zijn geliefde zijn nu, zoals hij beschreef, fysiek leeg en zonder vorm. Voor hen bevindt de duisternis zich boven de diepte en draait de aarde door de luchtloze, dode eindeloosheid. Maar nu is de aanwezigheid van hun liefde plotseling hersteld. Hier op de opnieuw uitgegeven bladzijden van een boek keren de nieuwheid van hun gevoelens, de gewaarwordingen en de spirituele eigenschappen van een liefde die werd beleefd in die prachtige tijd in Tbilisi, Samourzakano en Parijs, werkelijk terug op deze aarde. Zoals de auteur met wonderlijk vooruitziende blik voorspelde, heeft hun liefde haar eigen vorm van oneindigheid aangenomen.

Peter Nasmyth, september 2008

I

De barones

Die morgen kleedde de barones zich zorgvuldiger dan normaal. Ze koos een zwartfluwelen mantelpak met een simpele kraag van marquisette, dat de fijne lijnen van haar mooie gezicht en de witheid van haar zorgvuldig gekapte haar accentueerde.

Ze was oud, waarschijnlijk ergens in de zeventig, maar had aan Vader Tijd hooguit een globale reeks van haar zomers en winters toevertrouwd. Ze accepteerde haar leeftijd met waardigheid en gratie, met dezelfde aangeboren aristocratische trots waarmee ze de problemen van haar veelbewogen leven had doorstaan.

Ze nam een kleine, bijna strenge zwarte hoed uit een hoedendoos en liep naar de passpiegel. Ze ging er kaarsrecht voor staan terwijl ze de hoed opzette. Haar kleren en uiterlijk waren modern, en haar goed verzorgde figuur vormde een harmonieus geheel met de kamer die werd gereflecteerd in de spiegel. Het was een mooie, warme kamer vol warme dingen uit een prachtig warm verleden. Elk ding had een aura van geschiedenis om zich heen: de zware purperen draperieën, geborduurd met goud maar nu ver-

schoten; het massieve gewelfde bed van bruin mahonie-
hout, de stoelen, tafels, kasten; alles tot aan de poederdoos
die was ingelegd met paarlemoer, getuigde van een voor-
bije tijd.

De dag buiten was schitterend en jong. De prachtige stad
met zijn bloeiende kastanjebomen rook naar viooltjes
– zoals Parijs altijd zou ruiken zolang Parijs zou leven.
Maar deze kamer was bijna donker. De oude barones koesterde haar privacy. Haar kleine hoekje van de wereld was
haar des te dierbaarder vanwege de beslotenheid ervan. Het
flikkerende devotielampje in de hoek wierp een rusteloze
maar toch troostende gloed op de sinds lang vereerde af-
beelding van Onze Lieve Vrouw van Iberia – een van de
iconen uit het verre land waar de barones was geboren. De
oude vrouw was zich heel veilig gaan voelen in haar aanwezigheid.

Plotseling hoorde ze buiten snelle, lichte voetstappen,
die voor de deur stopten, gevolgd door nerveus staccato ge-
klop in het halfduister. Iemand wilde graag dit bolwerk van
het verleden binnendringen; iemand die wist dat de toe-
gang niet zou worden geweigerd.

De barones herkende de voetstappen en de klop. Er was
maar één persoon op de hele wereld die haar kamer op dit
uur zou durven binnenvallen, en maar één persoon die dan
ook welkom zou zijn. Haar mooie gezicht ontspande onmiddellijk en verloor zijn onbeweeglijkheid en gereserveerde uitdrukking. Het kreeg zachtheid en warmte.

'Kom binnen, Ren,' zei ze zonder zich om te draaien.

De deur ging langzaam open. Het eerste wat verscheen
was een grote bos ravenzwart haar die twee stralende ogen
omringden. Toen glipte een lang, slank, bijzonder mooi, erg

opgewonden jong meisje de kamer in. Ze droeg een loshangende groene pyjama die alleen erg jonge of erg mooie mensen zo nonchalant kunnen dragen. Ze sloot snel de deur, en leunde er even tegenaan, alsof ze bang was dat iemand haar was gevolgd.

'Oma...' zei ze ademloos, terwijl ze haar haar met een snelle beweging van haar hand wegduwde van haar wang.

'Goedemorgen, lieverd,' zei de oude dame.

'Oma... goedemorgen. Ik moest met u praten... ik moest gewoon... onder vier ogen!'

Ze vloog door de kamer, sloeg haar armen om de barones en begroef haar gezicht tegen de schouder van de oude vrouw. Pas nu zou een toeschouwer de verbluffende, bijna onwaarschijnlijke gelijkenis tussen de twee vrouwen opvallen, gescheiden door een leeftijdsverschil van zeker vijftig jaar. Elke gelaatstrek van de oude vrouw werd nauwgezet weergegeven in het gezicht van het meisje. Hetzelfde hoge voorhoofd, dezelfde prominente jukbeenderen, dezelfde fijn gevormde maar wilskrachtige mond, dezelfde grote donkere ogen. Maar pas nu, bij het zien van die twee samen, kwam het besef wat een adembenemende schoonheid de barones in haar jonge jaren moest zijn geweest.

'Kom, kom, Ren,' zei ze, terwijl ze het zijdeachtige haar van het meisje liefdevol streelde. 'Vertel me eens wat er aan de hand is, kind.'

Het meisje maakte zich abrupt van haar los. Een lang moment keek ze de barones recht aan.

'Ik ben verliefd!'

Even leek de oude vrouw overdonderd. Toen herstelde ze zich en beantwoordde ze de standvastige blik van het meisje.

'Weet je dat zeker, Ren?'

'Absoluut.'

'Wie is het?'

'Ik heb geen flauw idee.'

De barones trok haar wenkbrauwen op, maar zonder enige suggestie van censuur of verwijt. Ze wilde simpelweg meer horen.

'Ken je hem al lang?'

'Mijn hele leven.'

'Wanneer heb je hem ontmoet?'

'Gisteravond.'

Iets wat leek op een flauwe glimlach verscheen ongemerkt in de verslapte mondhoeken van de oude vrouw. 'Ik ben bang dat je toch iets specifieker zult moeten zijn, Ren. Tenminste, als je wilt dat ik je zal helpen.'

Het meisje ging met haar lange vingers door haar haar, en gooide het opnieuw uit haar gezicht.

'Zijn naam is... nou ja, dat is niet belangrijk. Hij is piloot, geloof ik, en is maar een paar dagen in Parijs. Het was de bedoeling dat hij vanmorgen om vijf over halfzeven zou vertrekken naar Belgisch Kongo. Ik zie hem vanmiddag in het Bois. We gaan vanavond uit eten in het Pavillion. Daarna gaan we samen ergens heen. Maar dat is allemaal niet belangrijk, oma. Het belangrijkste is dat we de rest van ons leven niet meer zonder elkaar kunnen.'

'Nou,' zei de barones nuchter, 'dat is behoorlijk belangrijk, of niet soms?'

Ze strekte zich uit naar haar wandelstok, liep de kamer door naar een leunstoel en ging zitten, kalm en gebiedend, als een trotse en waardige koningin die hof houdt.

'Wat vind je ervan als we gaan proberen hier verstandig

over te praten, Ren? Zou je me er alles over willen vertellen... op een normale manier?'

'Ja, ja... maar alleen tegen u, oma! U zult het begrijpen!'

Het meisje was snel en rusteloos. Ze fladderde rond in de kamer, en vulde elk hoekje en gaatje met haar opwinding. Het donkere haar dat om haar hoofd zwaaide, zag eruit als zwartzijden vleugels. Ze liep van de icoonhoek naar de toilettafel en weer terug, en raakte in het voorbijgaan dingen op het dressoir aan met slanke, opgewonden vingers. Intussen tuimelden haar woorden door de lucht, stijgend en dalend, glinsterend door hun uitbundigheid en kleurrijkheid.

'Eigenlijk valt er weinig te vertellen, oma. Het gebeurde gewoon en niemand kan daar iets aan veranderen... U weet hoe ik cocktailparty's verafschuw... Nou, gisteren moest ik wel. Ik had het Beth Bragança beloofd en ik kon haar niet teleurstellen. Het was hetzelfde bekende stel mensen, en een tijd lang voelde ik me ellendig en telde ik de seconden voordat ik weg kon gaan. En toen kwam hij binnen en was dat gevoel meteen weg. Het leek wel een blikseminslag! Als de lente! Als niets anders in de wereld!'

'Is hij knap?'

'Hoe kan ik dat weten? Hij is gewoon geweldig. We stonden naar elkaar te kijken en konden geen woord uitbrengen. Ik veronderstel dat we te bang waren bij de gedachte dat we vroeg of laat uit elkaar zouden moeten – dat we verder zouden moeten leven zonder magie; een leven van eten, slapen en cocktails drinken met domme mensen. Ik moet met hem trouwen, oma... voordat dat gebeurt.'

'Het hoeft helemaal niet te gebeuren, Ren.'

Het meisje stopte en keek naar de oude vrouw met hoop en angst vermengd in haar blik.

De barones stond op en pakte haar wandelstok.

'Wat moet ik doen, oma?'

'Wat kun je doen?'

Er volgde een korte pauze. Snelle, fladderende gedachten schoten door het hoofd van het meisje. 'Nou, één ding weet ik zeker... ik kan dit tegen niemand vertellen... nog niet. Zelfs niet tegen moeder. Moeder heeft het vreemde idee dat ik op deze wereld ben gekomen om haar leven te leiden in plaats van mijn eigen leven.'

De oude barones trok haar wenkbrauwen samen. Ze deed erg haar best, maar zonder succes, om er streng uit te zien.

'Je moeder is dol op je, Ren. Je bent een erg ondankbaar kind. Ze heeft ongelukkige ervaringen gehad en misschien heeft ze daardoor de neiging om overbezorgd te zijn...'

'Ja, dat weet ik wel, maar...' riep het meisje, maar de barones onderbrak haar met een zachte tik van haar stok op de grond.

'Ik ben nog aan het praten, Ren, en ik wil dat je mijn woorden zult onthouden. Hou van je moeder, Ren. Respecteer haar. Hou altijd rekening met haar en wees vriendelijk voor haar. En...' ze pakte de kin van het meisje en duwde die zachtjes omhoog, waarbij ze haar recht in de ogen keek, '...in godsnaam, zorg ervoor dat ze niet je leven verpest.'

Het meisje omarmde de oude vrouw plotseling warm. Al heel wat jaren, eigenlijk zolang ze zich kon herinneren, wist Ren dat ze zich altijd tot haar oma kon wenden voor medeleven, begrip en een betrouwbare afgewogen dosis wijsheid bij elke crisis van haar rusteloze jeugd. Ze hield meer van haar grootmoeder dan van wie dan ook. Maar het was iets wat groter was dan liefde. Meer een soort eenheid van geest, een oprechte band tussen twee vrouwen.

'Goed dan, Ren,' zei de oude vrouw met een gereserveerde tederheid die nooit neigde naar sentimentaliteit. 'Ga je gang en hou op jezelf te kwellen. God weet wat hij doet. Ik ga naar buiten voor mijn wandeling en ben misschien wat later terug. Kom!'

Ze kuste het meisje op haar voorhoofd en de audiëntie was voorbij. Net zo snel als Ren de kamer was binnengeglipt, ging ze er nu ook weer uit. Haar voeten leken de grond niet te raken, alsof ze door haar eigen verblindende staat van geluk zweefde.

Nu de barones weer alleen was bleef ze een paar seconden bewegingloos staan. Haar trotse gezicht leek bevroren. Welke gedachten haar ook dwarsgezeten mochten hebben, ze hadden geen enkele invloed op haar kalme buitenkant. Ze hielden zich goed verborgen in de diepere lagen van haar ziel. Toen liep ze langzaam naar de deur en draaide de sleutel om in het slot. Een overbodige voorzorgsmaatregel, omdat niemand behalve Ren ooit de heiligheid van haar privéwereld zou durven schenden. Toch voelde de barones zich altijd veiliger en geruster met dat dunne staafje ijzer tussen haarzelf en de rest van het huis.

Ze liep terug naar de hoek van de kamer waar de flikkerende tong van het devotielampje dansende schaduwen over het behang liet gaan en knielde neer. Hoewel ze een diepgelovige vrouw was, had ze haar geloof nooit laten bepalen door dogmatische geboden of beperkingen. Ze bad wanneer ze behoefte had aan een intiem gesprek met haar God. Maar deze morgen was die aandrang acuut en overweldigend.

Ze verliet het huis een kwartier later, en liep in haar gebruikelijke gelijkmatige en ongehaaste tempo. Haar rechte houding verborg haar leeftijd, want op de wandelstok na kon ze vanaf een afstand gemakkelijk worden aangezien voor een jonge vrouw die op weg was naar een afspraakje vroeg op de morgen met de man van haar hart.

De oude tuinman die de heg voor het herenhuis aan het knippen was, nam zijn hoed af. Zijn gerimpelde, verweerde gezicht trok samen in een verkreukelde glimlach.

'Bonjour, madame la baronne.'

'Bonjour, Emil.'

De oude barones was niet bijzonder geliefd binnen haar eigen sociale kring, omdat ze over het algemeen werd gezien als te afstandelijk en te streng. Maar de mensen die ze ontmoette tijdens haar dagelijkse routine hielden van haar om de gelijkmatigheid van haar manier van doen – zonder een zweem van familiariteit of hooghartigheid. Krantenjongens, politieagenten, straatventers en de conciërges van de deftige herenhuizen die in deze exclusieve straat stonden, kenden haar al jaren en begroetten haar altijd warm maar respectvol tijdens haar dagelijkse wandelingen.

De dag was fris en onbewolkt. De hemel, de lucht, de trottoirs, de bomen en zelfs de grijze rook die uit de schoorstenen omhoog kringelde, leken te zijn gevormd uit transparant blauw glas. Elk element verschilde in intensiteit; de hemel was het stralendst, het trottoir het dofst, maar zelfs het trottoir bezat zijn eigen subtiele tint saffierblauw. Op een morgen zoals deze voelen alle levende dingen een zweempje onsterfelijkheid. Het was dan ook geen wonder dat de mussen die in het stof van de goot hipten, een uitdagende boodschap tjilpten en weigerden enige angst te tonen voor de lange vrouw die langsliep.

Maar de barones leek de blauwheid van de dag niet op te merken, net zomin als de vogels aan haar voeten. Ze liep door zonder veel haast of pauzes en keek recht voor zich uit. Ze ging het park in, dat op dit vroege uur bijna verlaten was, maar in plaats van dat ze ging zitten op een bank bij de fontein, zoals ze al vele jaren deed, bleef ze doorlopen, tot grote teleurstelling van de smachtende duiven die normaal rond haar voeten zwermden in afwachting van haar gebruikelijke gulheid.

Ze liep het hele park in zijn lengte door en ging er toen uit, een smalle straat aan de andere kant in. Deze buurt was veel eenvoudiger en lag duidelijk buiten de grenzen van haar wereld, want hier kreeg ze geen begroetingen of glimlachjes. Niemand hier leek de oude barones te kennen. Het leek wel een andere wereld, vreemd, afstandelijk, bijna vijandig.

Ze stak een boulevard vol verkeersopstoppingen over en liep door een rustige en verlaten straat, met rijen esdoorns en linden. Ze sloeg een hoek om, toen nog een, totdat ze uiteindelijk bij het hoge traliewerk van een klein en oud kerkhof kwam. De omheining was kapot en op veel plaatsen krom, en bijna helemaal overgroeid met klimop en wilde wingerd. De hoofdingang was aan de boulevard aan de andere kant, maar de barones meed die ingang. In plaats daarvan betrad ze de gewijde grond via een klein hek aan de zijkant. Onmiddellijk werd ze omgeven door een diep gevoel van sereniteit – dat wezenlijke kenmerk van elke begraafplaats. Om haar heen fladderden vogels in de grote cipressen of koesterden zich in de goudblauwe zonneschijn.

Zinnia's, lelies en afrikaantjes stonden bij de marmeren grafstenen met inscripties van de namen van diegenen die ooit ook hadden genoten van dagen zoals deze.

Twee grafdelvers in met zweet bevlekte blauwe overalls stonden tot aan hun borst in een graf dat ze aan het graven waren, terwijl ze geanimeerd discussieerden over een politieke kandidaat die misschien volgende week herkozen zou worden. Zodra ze de naderende oude dame in de gaten kregen, stopten ze met hun discussie en pakten ze hun schop weer op. Onmiddellijk begonnen scheppen vol zwarte aarde met onthutsende snelheid uit het gat te vliegen.

'Weten jullie misschien waar prins d'Iberio vanmorgen begraven gaat worden?' vroeg de barones.

De werkmannen zetten hun schop neer, deden hun pet af en krabden in hun magere nek.

'Allerlei soorten mensen worden hier begraven, madame,' zei een van hen uiteindelijk, en hij voegde er toen een stukje eenvoudige filosofie aan toe: 'Maar tegen de tijd dat ze dit stuk grond hebben bereikt, betekenen hun namen niet veel meer.'

'Dus jullie weten het niet?' zei de barones kortaf. Ze was die morgen niet in de stemming voor een babbeltje.

'Wacht,' zei de andere man. 'Zou de man die u bedoelt de heer kunnen zijn die op die mooie plek dicht bij de basiliek zal worden begraven? Als hij dat is, dan kunt u zich maar beter haasten, madame. De stoet is een halfuur geleden via de hoofdingang naar binnen gegaan.'

'U kunt ze nog horen zingen,' zei de eerste man.

Het zwakke geluid van gezang was inderdaad in de verte hoorbaar. Geen woorden die te onderscheiden waren, maar de barones herkende wel de oude klaagzang 'De Profundis'.

Ze bedankte de mannen en liep door, geleid door de zanggeluiden. De monumenten en grafstenen werden groter en indrukwekkender toen ze de basiliek naderde – het deel van het kerkhof dat gereserveerd was voor rijke en bekende mensen. Al snel begon ze stukjes van de antifoon op te vangen: '*Apud Dominum misericordia et copiosa apud eum redemptio...*'

Ze verliet het hoofdpad en zag toen een groep mensen, stemmig en donker gekleed, die in een grote halve kring rond een open graf stonden.

Een verzameling mensen die er voornaam uitzagen. De mannen waren gekleed in jacquet en gestreepte broek, met een hoge hoed in hun hand. De vrouwen droegen een donkere jurk of zwart mantelpak. De familieleden van de dode man stonden in een kleine, door verdriet overmande groep apart van de anderen – duidelijk zijn zonen en dochters, met hun kinderen bij hen, die een nerveuze en verbijsterde indruk maakten bij het mysterie van de dood, waarvoor ze te jong waren om dat al te begrijpen. Bij die groep kleinkinderen stond een jonge man die onmiddellijk de aandacht van de barones trok. Hij was lang en heel knap op een donkere, mediterrane manier, en zijn gevoelige gezicht en hele gestalte vertoonden de tekenen van diep verdriet. Te midden van die jongeren viel hij op als degene die de grootste klap had gehad. Dat moest prins Theimuraz zijn, dacht de barones, de favoriete kleinzoon van de overleden patriarch.

De barones besloot om zich niet te voegen bij de groep rouwenden. In plaats daarvan stond ze op enige afstand als een toevallige passant tussen diegenen die werden aangetrokken door het schouwspel van zo'n imposante begrafenis: toevallige bezoekers van het kerkhof, straatventers die gewoon achter de stoet aan waren gegaan, verslaggevers, mensen die op het kerkhof werkten en personeel van de begrafenisondernemer.

De jonge priester sprak zijn gebed met veel gevoel uit.

'Ga niet in het gericht met uw knecht, want niemand die leeft zal voor uw aangezicht rechtvaardig zijn. Alleen door u zullen al zijn zonden worden vergeven...'

Maar de barones luisterde verder niet meer naar de woorden. Haar gezicht vertoonde geen enkele emotie, geen verdriet of belangstelling voor de dienst of voor de mensen die bij haar in de buurt stonden. Ze toonde een volkomen neutraal gezicht, een fysiek omhulsel waar alle bewijzen van haar spirituele en emotionele toestand onzichtbaar waren. Als ze verdriet voelde, dan was dat zo volkomen en onpeilbaar dat er geen plaats was voor de gebruikelijke uitingen bij een verlies.

'...die leefde in het teken van de Heilige Drie-eenheid, die leeft en regeert, wereld zonder einde. Amen.'

De korte dienst liep ten einde. De kist daalde neer in het graf, nadat die was gezegend. Toen begonnen harde stukken aarde op het zilveren deksel te ploffen. Geleidelijk vielen de familieleden en vrienden uiteen in kleinere groepjes die zacht met elkaar spraken. Buiten op straat beëindigden de chauffeurs van de limousines hun gesprekken en keerden terug naar hun auto's. Een huilende vrouw, een van de dochters van de dode man, werd de begraafplaats af geholpen door haar zonen en de menigte toeschouwers viel langzaam uiteen. Al snel ging het leven verder onder de levenden.

De priester en het koor vertrokken, wat diende als het

teken voor de grote uittocht. Binnen een paar minuten was iedereen verdwenen. Een paar mensen van het begraafplaatspersoneel bleven nog om de berg bloemen te rangschikken op het verse graf, en drie mannen van een steenhouwerij waren ijverig bezig om de ruimte op te meten waar een grafmonument van carraramarmer moest komen.

Plotseling ontdekte de barones dat ze helemaal alleen stond op het keurig gemaaide gazon. Ze keek om zich heen en toen ze zich realiseerde dat alle rouwenden waren vertrokken, liep ze langzaam naar de rand van het graf. Ze stopte op een meter vanaf de zijkant en keek naar de pas omgekeerde graszoden en de satijnen graflinten die alle conventionele bedrukkingen en condoleances bevatten. Ze merkte op dat er diverse waren in een vreemd en oud uitziend Georgisch schrift, maar die kon de barones niet lezen.

Ze stond daar lange tijd bewegingloos, zich niet bewust van de kracht en energie van de gewone wereld die haar omringde. Het hadden een paar minuten of een paar uur kunnen zijn. Toen ze uiteindelijk haar besef van tijd en plaats terugkreeg, waren het begraafplaatspersoneel en de steenhouwers verdwenen. De vrede en rust waren weer teruggekeerd.

Plotseling hoorde ze hoe niet ver bij haar vandaan iemand haar naam uitsprak, bijna fluisterend.

Ze wierp een snelle zijdelingse blik en zag een man die nu dicht bij haar stond. Langzaam draaide ze haar hoofd in zijn richting en herkende hem meteen – de jonge man die haar al eerder in de menigte was opgevallen. Hij was nog langer dan ze eerst had gedacht, en ook slanker. Hij droeg een simpel zwart pak, een zwarte stropdas en een rouwband om zijn mouw. De lijnen van verdriet op zijn gezicht verraadden nog steeds de diepte van zijn leed.

De ogen van de barones dwaalden van de rouwband naar zijn hand en ze merkte op dat hij een vierkant, tamelijk plat voorwerp vasthield, zorgvuldig verpakt in papier.

'Zei je iets tegen me?' vroeg de barones.

De jonge man leek zich plotseling opgelaten te voelen. 'Ja,' antwoordde hij zacht. 'Ik heb iets voor u, madame.'

Hij wees op het pak in zijn hand. De barones leunde zwaar op haar stok, terwijl ze probeerde haar gedachten te verzamelen.

'Wat is het?'

'Het is iets wat mijn grootvader heeft nagelaten,' antwoordde de jonge man. 'Hij wist dat u zou komen. Hij zei... nou ja, hij vroeg mij of ik dit aan u wilde geven.'

De barones keek de jonge man recht aan en terwijl ze opmerkte dat hij bleek werd, dacht ze bij zichzelf: zijn ogen... zijn gezicht... zijn figuur... zijn manier van doen... alles!'

Een warme brok vormde zich in haar keel en even maakte dit dat ze sprakeloos was.

'Alstublieft, madame... grootvader heeft met me over u gesproken voordat hij... stierf. Hij wilde dat u dit zou hebben... Hij vroeg me om...' Zijn stem begaf het terwijl hij worstelde met zijn emoties. 'Het spijt me heel erg dat ik u gestoord heb... vergeef me, alstublieft.'

De barones nam het pak aan met haar lange vingers, die zich plotseling met een bijna wanhopige greep om het zachte papier klemden. Voor het eerst in vele jaren werden haar ogen vochtig, ondanks al haar pogingen om dit vertoon van gevoel terug te dringen. 'Je bent erg vriendelijk...'

slaagde ze erin om zacht te zeggen. 'Je bent erg, erg vriendelijk...'

'Graag gedaan, madame,' mompelde de jonge man, die zelf duidelijk ook zocht naar woorden. 'Graag gedaan...'

Ook hij speurde haar gezicht af en bekeek het nauwkeurig. Hij leek te aarzelen of hij deze korte ontmoeting nu moest beëindigen. De barones was plotseling bang dat de jonge man haar nog meer vragen zou gaan stellen, en was erg opgelucht om te zien dat hij, op het moment dat hij zag hoe ze zich bewust werd van zijn blik, zijn ogen neersloeg. Dit betekende dat hij niets zou gaan vragen.

'Tot ziens, madame.'

'Tot ziens, en nogmaals bedankt.'

Dat was alles. Ze draaide zich om en liep haastig weg, alsof ze bang was dat iemand achter haar aan zou komen rennen en haar zou beroven van dit nieuwe en kostbare bezit. Ze ging steeds sneller lopen en klemde het pak in haar hand, totdat ze merkte dat ze weer op straat liep in de stad, en tot haar opluchting opging in de mensenmassa halverwege de morgen. Ze stopte even, haalde diep adem en stond toen stil op het trottoir. Ze durfde zich niet te bewegen, uit angst dat zij en haar pak van onschatbare waarde de aandacht van iemand zouden trekken. Ze zou niet weten wiens aandacht, maar voelde dat geen macht ter wereld haar mocht scheiden van het in papier gewikkelde voorwerp dat ze nu in haar hand geklemd hield.

Toen een oude taxi bij de stoeprand stopte en de chauffeur zei: 'Taxi, madame?' aarzelde ze geen seconde. Toen ze eenmaal in het gammele kleine fort op wielen zat, voelde ze zich afgezonderd van de wereld buiten en wist ze dat haar schat veilig was. Een heerlijk gevoel.

'Waar naartoe, madame?' vroeg de chauffeur.

Waar naartoe...? Naar huis...? Nee. Op de een of andere manier verontrustte die gedachte haar op dat moment. Thuis was een plek die ze deelde met anderen, hoe ver die ook bij haar vandaan waren, en ze wilde haar gemoedsstemming met niemand delen. Ze wilde ermee alleen gelaten worden, die koesteren, en genieten van de diepgevoelde bitterheid ervan in de beslotenheid van haar eigen ziel. Nee, niet naar huis.

'Waar naartoe?' herhaalde de chauffeur.

'Café de la Colombe,' zei ze plotseling.

De chauffeur knipperde even met zijn waterige ogen. Dat had hij zeker niet verwacht op dit uur, en nog wel van zo'n elegante grijsharige dame die kennelijk net het kerkhof had verlaten.

'Pardon?' zei hij.

'Café de la Colombe,' herhaalde de barones.

De chauffeur haalde zijn schouders op en gaf gas. Wat kon het hem ook schelen? Het was een lange rit en hij had vanmorgen nog niet veel klanten gehad. Hij schakelde en de oude bak schoot naar voren met een plotseling gekrijs van de banden. Voor het eerst sinds ze het kerkhof had verlaten, voelde de barones zich volkomen ontspannen. De strakke lijnen op haar mooie gezicht maakten plaats voor haar meer gebruikelijke kalme en afstandelijke uitdrukking; die welke zo bekend was voor iedereen die haar goed kende.

Het bekende café was bijna verlaten op dit uur. Te vroeg voor zowel de toeristen als de Parijzenaars, die hier maar zelden kwamen vóór het aperitiefuur. Alleen een paar jonge stelletjes zaten er van hun koffie met croissants en van elkaar te genieten. De glimlachende eerste kelner begroette de barones met een buiging en een informerend optrekken van zijn wenkbrauwen.

'Deze kant op, madame...?'

Met een professionele zwaai van zijn hand gebaarde hij naar de tafeltjes op het trottoir – meestal erg geliefd bij bezoekers van buiten de stad die de sfeer van een Parijse straat wilden proeven. Maar de barones had andere plannen.

'Ik wil graag boven zitten,' zei ze.

'Boven, madame? Maar heel weinig gasten gaan daar voor het lunchuur zitten. Misschien voelt u zich daar een beetje eenzaam, madame.'

'Kan ik daar zitten?'

'Maar natuurlijk, madame. Deze kant op, alstublieft.'

De barones kende de weg. De lege ruimte boven strekte zich voor haar uit als een woestijn van geruite tafelkleedjes en glinsterend bestek. Een eenzame ober, slaperig als een herfstvlieg, stond in de hoek, servet over zijn arm gedrapeerd. De barones bleef stilstaan in de deuropening en liet haar blik snel door de ruimte gaan, totdat ze uiteindelijk zag wat ze wilde. Ze liep ongehaast naar een afgezonderd hoekje bij het raam en ging zitten in de stoel die door de eerste kelner werd weggetrokken. Hij vertrok daarop en liet de barones over aan de slaperige ober.

'Mag ik een café au lait, garçon,' zei ze simpel. 'En daarna wil ik niet meer gestoord worden.'

Nu was de barones dan eindelijk alleen, mijlenver verwijderd van iedereen die haar mocht of niet mocht. Ze ging zitten op haar stoel, rechtop en onbeweeglijk, en keek door het raam naar de serie schapenwolken die nu aan de lucht waren verschenen. Ze dreven majestueus langs het blauwe niets, net zoals ze dat al miljoenen jaren deden, en dat nog miljoen jaren zouden doen.

De koffie werd snel gebracht en de ober vertrok weer naar zijn slaapverwekkende hoek.

Maar de barones raakte de dampende koffie niet aan. In plaats daarvan legde ze haar pak zorgvuldig op het tafeltje, terwijl een nerveuze en onbedwingbare opwinding in haar naar boven begon te komen. Ze voelde hoe die door haar lichaam golfde, als het opkomen en terugtrekken van de branding.

Met bevende handen begon ze het pak open te maken. Er zaten diverse vellen zorgvuldig gevouwen papier omheen. Ze merkte op hoe de vouwen op sommige plaatsen doorgesleten waren. Het was duidelijk dat ze heel wat jaren geleden waren gemaakt.

Eindelijk, nadat ze de laatste laag had verwijderd, keek de barones neer op een dikke stapel papier. Ze scheidde de nu geel geworden bladzijden met haar vingers en realiseerde zich plotseling dat ze een manuscript in haar handen hield, geschreven in een nauwgezet en regelmatig handschrift.

Op het eerste vel papier stond de titel, een enkel woord geschreven in het Engels:

ONEINDIG

Een vreemde, neutrale titel die bijna in de lucht leek te zweven. Maar de barones las hem vele malen alsof die een diep verborgen betekenis bevatte. Toen sloeg ze de eerste bladzijde om.

De bladzijde was blanco, op een korte opdracht na geschreven in de rechterbovenhoek: 'Voor degene die ik eens heb verloren, om voor altijd te hebben.'

De barones overdacht deze woorden enkele minuten. Toen verdween de mooie stad achter het raam, evenals de verlaten ruimte met de geruite tafelkleedjes van het beroemde café, eigenlijk alles, langzaam voor haar ogen.

Ze sloeg de bladzijde om en begon te lezen:

2

Grootvader

Voordat ik als jongetje naar Zwitserland vertrok, vertelde mijn grootvader me: 'Dit is jouw thuis. Wanneer je zover bent om terug te komen zal ik hier op je wachten – of dat nu over zes maanden of zeshonderd jaar is. Haast je niet. Kijk goed rond in de wereld. Ik wil dat je zeker weet dat er geen mooiere plek op aarde is dan ons land.'

Mijn grootvader had gelijk. Dat wist ik toen ik twaalf jaar later terugkwam voor een kort verblijf in de zomer. Het is moeilijk om de lieflijkheid van deze meest afgelegen hoek van Europa te beschrijven, vooral in de lente of zomer.

Brede groene valleien, bedekt met wijngaarden, parkachtige weiden, boomgaarden, theeplantages en subtropische bossen, doorsneden door rivieren die door gesmolten sneeuw worden gevoed... Verder schilderachtige steden, kloosters en feodale kastelen die als forten op steile rotsen zijn gebouwd; allemaal overblijfselen van een heroïsch tijdperk toen dit land zich als een christelijk bolwerk tegen de moslimvijand opstelde. In het westen zijn er sinaasappelplantages niet ver van de zee en in het noorden bevindt zich Europa's meest indrukwekkende bergketen. Deze ijzige wildernis van gebroken graniet en eeuwige sneeuw heeft in de loop van vele eeuwen nog steeds niet meer dan twee passen gekregen die erdoorheen lopen. Het land van een eenvoudig en trots volk voor wie de aanraking van het zwaardgevest nog steeds het meest vertrouwde gevoel is dat ze kennen.

Dit was mijn land.

Ik hoorde hier thuis. Ik wist dat zodra ik voet zette in Batoem na een lange zeereis vanuit Marseille – die gedeeltelijk de route volgde van de Argonauten in hun zoektocht naar het Gulden Vlies. En dit gevoel groeide met ieder nieuw panorama dat zich majestueus ontvouwde buiten het raam van mijn treincoupé.

Tiktak, tiktak, tiktak.

Mijn land zong me zijn welkom toe met het gekletter van ijzeren wielen. Het lied bracht me steeds dichter naar mijn thuis, naar de enige van wie ik sinds mijn vroege kindertijd had gehouden.

Ik had mijn ouders nooit gekend. Mijn moeder stierf toen ik nog te jong was om het me te herinneren. Mijn vader sneuvelde nog geen paar maanden later, toen hij de met sneeuw bedekte passen van de Balkan overtrok met het leger van de tsaar op zijn vergeefse tocht naar Constantinopel.

Tiktak, tiktak, tiktak.

Reizen met de trein op de lijn Batoem-Tiflis, die nog maar een paar jaar eerder in 1883 was voltooid, was verrassend comfortabel. Maar het mooiste ervan moet toch wel de overvloed aan werkelijk schitterend landschap zijn dat zich constant tentoonspreidt voor de reiziger. Nergens ter wereld, zelfs niet in de Zwitserse Alpen, is de natuur zo uitbundig aanwezig als in de oude landen Colchis en Iberia

– die in de huidige combinatie het koninkrijk Georgië vormen.

We kwamen tegen de avond in Tiflis aan (of Tbilisi, als u de voorkeur geeft aan de plaatselijke naam.) De stad, fraai gelegen aan de rivier de Kura (of Mtkvari, zoals die in het Georgisch wordt genoemd) en tegen de purperen achtergrond van de Trialetbergen, verhief zich ineens als een fata morgana buiten mijn raam. Het indrukwekkende stenen fort koesterde zich in de laatste stralen van de ondergaande zon. Een werkelijk gedenkwaardige aanblik.

Tiflis werd begin vijfde eeuw gesticht door de Georgische koning Vakhtang. Volgens de legende was de koning op een dag aan het jagen op de oevers van de Kura, toen hij een hertenbok neerschoot. Het gewonde dier sprong echter snel overeind en dook in een warme zwavelbron, waar het zijn wond baadde. Daarna verdween het hert in het struikgewas. De genezende eigenschappen van de zwavelbron maakten zo'n indruk op de koning dat hij onmiddellijk besloot om daar een stad te bouwen, die Tbilisi werd genoemd, wat letterlijk 'warme bron' betekent.

De geschiedenis van de stad vertoont nauwe parallellen met de geschiedenis van Georgië. Hoewel de stad vele malen volledig werd verwoest door Turken, Perzen en Mongolen (Timur Leng alleen al vernietigde de stad acht keer), herrees Tiflis na elke catastrofe. Het bleef Georgiës hoofdstad en culturele centrum tot het einde van de negentiende eeuw, toen de Russische tsaren uiteindelijk de bescherming van de kleine christelijke natie op zich namen – die op dat moment aan het doodbloeden was onder de meedogenloze aanvallen van de islamieten.

Nu was Tiflis opnieuw een bloeiende stad, eindelijk genietend van echte vrede en veiligheid. De nieuwe delen van de stad maakten een moderne indruk, met imposante openbare gebouwen, mooie kerken, schitterende herenhuizen, brede lanen en prachtige parken. Gelegen op de vitale trefpunten tussen Europa en Azië trok de stad handel aan uit alle delen van de twee continenten. Als gevolg daarvan behoren de markten van Tiflis tot de beste ter wereld.

Als administratief centrum van de Kaukasus en residentie van de onderkoning is Tiflis een kosmopolitische metropool. Het zachte klimaat en de mooie natuur hebben heel wat prominente en rijke bewoners aangetrokken, niet alleen uit de Kaukasus, maar ook uit Rusland. Velen, zoals mijn grootvader, bouwden daar huizen, waar ze vaak kwamen.

Een rijtuig gestuurd door grootvader kwam me van het station halen en bracht me rechtstreeks naar zijn huis – hetzelfde dat ik twaalf jaar daarvoor had verlaten. Ik stond omhoog te kijken naar het grote landhuis, gebouwd van witte steen, met zijn brede trap en oude familiewapen boven de ingang. Plotseling zwaaide een portier in livrei en getooid met medailles – de man die ik al sinds mijn jeugd kende – de zware deur met een triomfantelijk gebaar open. Deze oude man was zijn hele leven al in dienst van grootvader en kwam oorspronkelijk van grootvaders feodale leengoed in Samourzakani, in het westen van Georgië.

Hij droeg me over aan een andere bediende, een zwijgzame man die Erast heette en die ik nooit eerder had gezien. Hij droeg de traditionele Georgische klederdracht, compleet met patroonhulzen over zijn borst en een dolk die aan zijn gordel was bevestigd. Ook hij kwam van grootvaders landgoed en sprak alleen Georgisch. De taal is oud en zeer ontwikkeld, met een mysterieuze oorsprong. Het eigen karakteristieke alfabet dateert uit de achtste eeuw v.Chr. Ik ontdekte dat dit een beetje was weggezakt tijdens mijn lange verblijf in het buitenland.

Nadat ik naar mijn kamer was gebracht, probeerde ik Erast weg te sturen, maar Erast liet zich niet wegsturen. Hij was benoemd tot mijn persoonlijke bediende, en leek orders te hebben om constant voor me klaar te staan, of ik dat nu wilde of niet. Ik smeekte hem om me niet op de voet te volgen, maar dat hielp niet. Hij kende zijn taak en hij wilde die tot op de letter uitvoeren.

'Ik ben uw bediende,' herhaalde hij stoïcijns.

Uiteindelijk gaf ik het op en begon ik mijn bagage uit te pakken, terwijl Erast constant om me heen hing.

Ik verwachtte dat grootvader me naar beneden zou ontbieden om hem te ontmoeten, maar toen hij dat niet deed nam ik een bad en trok ik andere kleren aan. Erast speelde een zwijgende maar actieve rol in beide.

Daarna verkondigde hij plotseling: 'De prins wacht op u in zijn studeerkamer.'

'Waarom heb je me dat niet eerder gezegd?' vroeg ik geërgerd.

'Het had geen haast,' antwoordde Erast kalm. 'De prins is de hele dag in zijn studeerkamer.'

Ik rende bijna naar beneden met Erast op mijn hielen.

Een beetje opgewonden naderde ik de massieve eikenhouten deur die ik zo goed kende. Ik probeerde mezelf voor te bereiden op een schok – het is niet gemakkelijk om iemand van wie je houdt na een kloof van vele jaren terug te zien.

Ik had mijn grootvader zes jaar geleden voor het laatst gezien. Hij was me toen in Zwitserland komen opzoeken en had in goede gezondheid verkeerd, gezien zijn leeftijd.

Maar zes jaar is een lange tijd voor iemand en het was mogelijk dat hij erg oud was geworden. Dat zou een vreselijke slag voor me zijn, want ik was verknocht aan het beeld van grootvader dat ik onveranderd met me mee had gedragen in de jaren van onze scheiding.

'De prins is in zijn studeerkamer,' zei Erast, die mijn aarzeling opmerkte.

Ik gaf hem een scherpe blik en klopte.

Er kwam geen antwoord.

Ik klopte opnieuw, harder deze keer.

'Kom binnen!' zei een sonore stem.

Die stem was niet veranderd, dacht ik blij, nog precies zoals als ik me die herinnerde – diep, warm en weergalmend. Het verhaal ging zelfs dat grootvader tijdens veldslagen nooit boodschappers nodig had gehad, omdat hij er altijd op vertrouwde dat dankzij zijn bulderende stem de bevelen rechtstreeks bij het militaire gezag kwamen.

Ik ging naar binnen en trof dezelfde prachtige kamer aan die ik me uit mijn kinderjaren herinnerde. In die tijd had die me altijd met ontzag vervuld. Ik had de kamer ervaren als een opwindende, mysterieuze wereld van talloze boeken met gele kalfsleren omslagen, en donkerbruine leren divans die zo groot en koel waren dat het leek alsof je in de zee sprong als je erop ging zitten. De muren waren bedekt met wapens en jachttrofeeën, evenals zeldzame en historische foto's. Eén foto in het bijzonder had altijd grote indruk op me gemaakt. Daarop stond mijn grootvader naast keizer Alexander III. Ondanks de heroïsche uitstraling van de vredelievende tsaar leek mijn grootvader nog indrukwekkender. Voor mij als kind was dit altijd een bron van intense trots geweest.

De foto was er nog steeds en grootvader was nog steeds indrukwekkender dan de keizer.

'*Gamarjoba!*' zei grootvader.

Hoewel hij had gestudeerd in Parijs, Bologna en Jena, bekend was als geleerde, reiziger en talenkenner met voldoende vaardigheden om ervoor te zorgen dat hij zich overal ter wereld thuis voelde, was hij net zo Georgisch gebleven als de zwavelbronnen in Tiflis. Hij stond in zijn volle lengte op vanachter zijn bureau. Ik was opgetogen toen ik zag dat hij nauwelijks ouder geworden leek te zijn sinds de dag dat we elkaar voor het laatst hadden gezien. Dezelfde heldere blauwe ogen van een feodale romanticus – zo had ik hem toen tenminste gecategoriseerd – gaven me een stralende warme blik vanonder zijn borstelige wenkbrauwen. Hij droeg nog steeds diezelfde lange krullende snor, nu bijna wit, met daaronder diezelfde glimlach. Hij droeg een prachtige groene *kouladja* – onze middeleeuwse kleding –, die hij thuis liever droeg dan het uniform met gouden tressen van een gepensioneerde generaal van de Keizerlijke Cavalerie.

'Gamarjoba, Sjota!'

Opnieuw trof de ongebruikelijke betekenis van deze begroeting me als misschien wel de beste aanduiding van het Georgische nationale karakter, en een mooi voorbeeld van hoe de aard van een volk voortkomt uit zijn geschiedenis.

'Aan jou de overwinning...'

Op deze manier begroeten prinsen en boeren, landheren en bergbandieten, kooplieden en ambachtslieden elkaar elke morgen. Het juiste antwoord is *gagimarjos* – 'Aan u de overwinning.' Ik heb dat altijd beschouwd als veel meer dan alleen een gewoonte. In de veiligere landen van West-Europa hadden dagelijkse begroetingen meer betrekking op zakelijke aangelegenheden en materiële welvaart. Russen wensen elkaar 'goede gezondheid'. Arme Chinezen vragen: 'Hebt u goed gegeten vandaag?' Maar zo niet de Georgiërs. Die hebben door hun wrede geschiedenis geleerd dat om te kunnen genieten van werk, voedsel, gezondheid en natuurlijk het leven, je eerst de overwinning moet behalen, een overwinning op een altijd aanwezige en genadeloze vijand.

'Aan u de overwinning!'

'Gagimarjos!'

Ik kuste grootvaders schouder, zoals de gewoonte was. Hij kuste mijn voorhoofd en smoorde me bijna in de zachte haartjes van zijn snor. Het was een fijn gevoel, beter dan welke liefkozing ter wereld ook.

Ik was thuis.

Hij sloeg zijn krachtige arm om mijn schouders en drukte me tegen zich aan met ingehouden tederheid. Toen duwde hij me weg, hield me op armslengte en bekeek me aandachtig met stralende blauwe ogen.

'Je bent groot geworden, Sjota... Je bent een mooie, sterke man geworden...' zei hij met grote voldoening, '...net als je vader.'

Hij lachte met een geluid als van ver gedonder, dat rommelde en rolde terwijl zijn tanden glansden als gepolijst ivoor.

'Blijf waar je bent, jongen. Laat me je eens goed bekijken.'

Grootvader ging weer achter zijn enorme glanzende bureau zitten, het blad bedekt met stapels oude boeken en documenten. Hij werkte nog steeds aan een uitgebreide geschiedenis van ons land, te beginnen met Kartlos, de achterkleinzoon van Noach die zich hier in de twintigste eeuw v.Chr. vestigde en het ras van de Kartvelebi, de eerste Georgiërs, stichtte.

Dit monumentale werk had de laatste twintig jaar van zijn leven in beslag genomen. Het had al vaak beroemde Europese archeologen, historici en antropologen geïnspireerd om Tiflis te bezoeken en ruggespraak te houden met grootvader. Ik kon zien dat hij nog steeds helemaal opging in deze reusachtige taak.

Ik bleef in het midden van de kamer staan en voelde me een beetje opgelaten, terwijl grootvader me bestudeerde zoals hij dat zou doen met een interessant museumstuk.

'Draai je eens om,' zei hij ten slotte.

Dat deed ik.

'Je bent lang genoeg,' merkte hij kalm op, 'maar wel mager. Ze hebben je zeker slecht te eten gegeven in Zwitserland.'

'Nee, grootvader,' zei ik, 'ze hebben uitstekend voor me gezorgd.'

'Hmm,' zei grootvader en hij trok zijn grote snor omhoog en omlaag – het gebruikelijke teken dat hij nadacht.

Toen volgde er een korte pauze.

'Geloof je in God?'

'Ja, grootvader,' zei ik.

'In onze Heer Jezus Christus en de Heilige Drie-eenheid?'

'Ja, grootvader.'

'Hmmm,' zei grootvader, kennelijk tevreden met mijn antwoorden. 'Kun je goed paardrijden?'

'Tamelijk goed,' zei ik. 'Op school reed ik elke dag.'

'Kun je ook schieten?'

'Ja, grootvader. Ze hadden een schietbaan in het dorp.'

De punten van de witte snor gingen minachtend omhoog. 'Daar heb je niets aan. Een jonge man moet zich helemaal thuis voelen in het zadel en een scherpschutter zijn. Weet je hoe ze de jongens in onze bergen leren schieten?'

'Nee, grootvader.'

'Zodra een jongen sterk genoeg is om een geweer te dragen, wordt hij getraind. Dan geven ze hem drie patronen en sturen ze hem het bos in. Als hij terugkomt met drie gedode dieren, is hij een man en krijgt hij een hoorn wijn. Maar als hij ook maar één keer heeft misgeschoten, heeft hij gefaald.'

'Ik ben bang dat ik die test niet zou doorstaan, grootvader. Daar doen ze het allemaal anders.'

'Dat weet ik,' knikte grootvader glimlachend. 'Daarom ben ik blij dat je weer thuis bent. Je zult hier geen Proudhon of Marx krijgen, maar verder zullen we goed voor je zorgen. Laat me nu eens horen hoe je Frans is.'

Hij leunde achterover in zijn stoel en sloot zijn ogen. Even was ik wat beduusd, maar toen vermoedde ik wat hij graag zou willen horen en reciteerde ik een kort Franse gedicht.

'Niet slecht,' zei grootvader zonder zijn ogen te openen. 'Laat me nu eens iets in het Engels horen.'

Na een korte aarzeling ging ik verder met 'To be or not to be', maar grootvader onderbrak me twee keer om mijn uitspraak te corrigeren. Ik was verbaasd om te ontdekken dat hij de monoloog uit zijn hoofd kende. Ik had er geen idee van gehad dat hij zo goed was in Engels. Hoe langer je grootvader kende, hoe meer je je verbaasde over zijn veelzijdige kennis. Hij leek volledig op de hoogte van praktisch elk onderwerp dat je aansneed.

'Goed,' zei hij uiteindelijk, waarmee hij mijn declamatie onderbrak. 'Ga nu eens even zitten, zodat we over andere dingen kunnen praten.'

Ik ging op de rand van een van de grote divans zitten, terwijl grootvader over zijn snor streek en zijn keel schraapte.

'Ben je blij dat je weer thuis bent?'

'Ja, heel erg,' zei ik.

'Was je verbaasd toen ik je vroeg om terug te komen?'

'Ik was heel blij.'

Grootvader streek over zijn borstelige wenkbrauwen. 'Ik heb je gevraagd om te komen omdat ik met je wilde praten, en omdat de doktoren hebben laten weten dat je gezondheid veel beter is geworden en je de reis zonder nadelige gevolgen kon ondernemen.'

'Ja,' zei ik snel, 'ik voel me de laatste tijd heel goed... heel goed.'

'Goddank,' zei grootvader met diep gevoel. 'Je weet niet wat dat voor mij betekent. Het maakt me de gelukkigste man van de wereld om te zien dat je sterk en gezond bent.'

Ja, op dat ogenblik was grootvader duidelijk gelukkig. Hij verraadde zijn blijdschap altijd door Frans te gaan praten, vaak midden in een zin. Frans was altijd zijn 'blije taal' geweest, sinds hij op de Sorbonne had gestudeerd. Hij sprak de taal prachtig, met de uitzonderlijke en flexibele verfijndheid van een Louis xiv-aristocraat. Zelfs nu nog staat deze elegante spreekstijl in hoog aanzien bij de betere kringen waarin Frans wordt gesproken. Terwijl ik naar hem luisterde begon ik me te schamen over mijn eigen vertolking van Lamartine, hoe overtuigend die ook had geklonken.

'Dank u, grootvader,' zei ik.

Hij haalde een gebogen Turkse pijp uit een la tevoorschijn en begon die te vullen met fijn gesneden tabak uit een koperen humidor.

'Sjota,' zei hij, terwijl hij een lucifer aanstreek en de eerste aromatische rook inhaleerde, 'heb je ooit al eens aan je toekomst gedacht?'

'Ja, grootvader,' zei ik.

'Heb je enig idee wat je zou willen worden?'

'Ja, grootvader.'

'Laat me dat dan maar eens horen.'

Dit was een moeilijk moment. Sinds de dageraad van de geschiedenis van ons land waren alle mannen uit onze familie soldaten geweest. Ze vochten tijdens de Romeinse invasie; ze hadden gestreden tegen Turken, Arabieren, Mongolen en Perzen. Ze hadden deelgenomen aan de kruistochten en hadden later gediend onder de banieren van de tsaren. Om van deze eeuwenoude traditie af te wijken zou een ongehoord radicalisme zijn, bijna heiligschennis.

'Ik denk dat ik met mijn opleiding heel geschikt ben voor een diplomatieke carrière,' zei ik.

Een dichte wolk van tabaksrook omgaf even het gezicht van grootvader. Maar toen die was opgetrokken, zag ik dat hij er nog net zo kalm als even tevoren uitzag.

'De diplomatieke dienst, juist ja,' zei hij. 'Ik heb diplomaten nooit zo hoog aangeslagen. Het is een vreemd beroep, bijzonder geschikt voor thuisloze Franse politieke vluchtelingen en Baltische baronnen, of voor diegenen die graag rondtrekken over de wereld om te onderhandelen, te vleien en te liegen, zoals de Perzische kooplieden in de oude stad van Tiflis. Maar... ik ben dan ook een ouderwetse soldaat, vermoed ik. Ik heb altijd gevonden dat de tsaar geen pleitbezorgers nodig heeft, alleen trouwe soldaten.

Weet je dat zijn regering begon met een slecht voorteken? Heb je gehoord over die catastrofe op het Khodynkaveld in Moskou tijdens de kroning?'

'Ja, dat heb ik,' zei ik gedwee.

'Duizenden mensen werden doodgetrapt toen er paniek uitbrak in de menigte. Dat betekent maar één ding... zijn regering zal moeilijk worden. Hij zal elke loyale man nodig hebben die hij maar kan krijgen!'

Er klonk droefheid in zijn stem en ik had bijna medelijden met hem. Voor mij, opgegroeid in de traditie van westers liberalisme, leken zijn denkbeelden een beetje vreemd en buitenlands. Maar ik kon er niets aan doen dat ik die toch respecteerde, zelfs bewonderde, net zoals ik hem altijd gerespecteerd en bewonderd had. Ik wist dat zijn denkbeelden ook dezelfde kenmerken van edelmoedigheid, loyaliteit, eerlijkheid en verdraagzaamheid zouden hebben. Ik was altijd al gefascineerd geweest door grootvaders ogenschijnlijk paradoxale vermogen om de modernste wetenschappelijke kennis te combineren met wat ik tot dan toe had beschouwd als feodale romantiek.

'Natuurlijk, als u er zo over denkt, grootvader...' begon ik, maar hij onderbrak me.

'Nee,' zei hij resoluut. 'Ik heb niet het recht je te beïnvloeden. Het is jouw leven, en je moet zelf bepalen hoe je dat wilt leven. Je bent er alleen tegenover God verantwoording over schuldig, en verder aan niemand. Als je diplomaat wilt worden, dan word je diplomaat. Als de tijd daarvoor rijp is en ik ben nog in leven, dan zal ik naar Sint-Petersburg gaan om met de jonge tsaar over jou te spreken. Vorig jaar bij de kroning vroeg hij me nog of ik hem persoonlijk wilde bezoeken als ik iets wilde.'

Ik was diep ontroerd door zijn houding. 'Dank u wel, grootvader,' zei ik.

Even bleef grootvader zitten roken en nadenken. Ik voelde instinctief dat de kwestie van mijn toekomst niet de enige reden was waarom ik naar Tiflis was ontboden, in feite zelfs niet de belangrijkste reden. Er was nog iets anders wat grootvader bezighield, iets wat hem dwarszat, en wat hij met me wilde bespreken.

Ik had gelijk.

'Sjota,' zei hij uiteindelijk, terwijl hij as uit zijn uitgaande pijp klopte, 'over een paar dagen gaan we naar Samourzakani. Ik wil dat je de plek ziet die jouw thuis zal worden voor de rest van je leven, of je daar nu woont of niet.'

'Ik ga graag met u mee,' zei ik gretig.

Ik was al eerder in Samourzakani geweest, maar alleen als kind. Mijn herinneringen waren nog steeds hevig geromantiseerd: een somber kasteel dat eeuwen geleden was gebouwd; een oud klooster op een heuvel; een snelstromende rivier; donkere, dreigende bergen met netjes gebouwde dorpen die zich aan hun hellingen vastklemden. Ja, ik wilde heel graag weer een bezoek brengen aan Samourzakani om de mensen te ontmoeten die daar woonden en al zo veel generaties de vruchtbare grond ervan bewerkten.

'Je zult Vano Maradze weer ontmoeten, een goed en eerlijk mens,' vervolgde grootvader peinzend. 'Hij zal heel blij zijn om jou – zijn toekomstige meester – na al die jaren weer te zien.'

De Maradzes leidden ons familielandgoed al sinds de tijd van koningin Tamar – wat wilde zeggen sinds de twaalfde eeuw. Ze waren net zozeer deel gaan uitmaken van het bezit als de bergen en rivier daar. Dingen veranderen langzaam op het platteland van Georgië. In maar heel weinig delen van de wereld hebben tradities zo'n krachtige greep gehouden op het volk als in ons land. Nergens vormt het verleden zo'n integraal onderdeel van het heden als hier.

Ik dacht dat ik de glinstering van een lach bespeurde in de ogen van grootvader.

'Vano Maradze zal je waarschijnlijk vertellen dat ik een idioot ben. Hij is de afgelopen zes jaar erg ongelukkig geweest met mij.'

De glinstering verdween en zijn ogen werden ernstig.

'Hij heeft een goede reden om te denken dat ik lichtelijk in de war ben, Sjota. Maar als ik weet dat jij me begrijpt, kunnen we hem wel aan.'

'Dat doe ik, grootvader,' zei ik.

'Zes jaar geleden, nadat ik jou had bezocht in Zwitserland, ging ik naar Samourzakani voor een routinebezoek. Ik riep de mensen bij elkaar en vertelde ze dat ze het land moesten overnemen dat braak lag en dat ze dit moesten gaan bewerken. Ik gaf ze mijn woord dat zolang ik leefde, niemand hun het recht zou betwisten op de vruchten van hun vrije arbeid, of enig deel ervan zou terugeisen. Vano Maradze huilde bijna toen hij dit hoorde. Hij smeekte me om hierop terug te komen, om het land van hen af te nemen. In plaats daarvan deed ik nog geen paar maanden later hetzelfde in andere dorpen op ons landgoed. Ik gaf het land weg... wijngaarden, weiden, velden en bossen die onze voorvaderen in de loop van twaalfhonderd jaar bijeengegaard hadden.'

Hij haalde een document uit een la van zijn bureau.

'Hier is een korte inventaris van de landerijen en bezittingen die ik aan onze boeren heb toegewezen, samen met hun namen.'

Hij schoof toen het document aan de kant en pakte een prachtig gebonden boek van de vele die op zijn bureau lagen, en legde dat voor hem neer. Hij streelde het oppervlak alsof het iets levends en kostbaars was, en opende het toen.

'Luister naar deze woorden van Roustavelli, Sjota: "Dingen die je neemt en houdt zijn voorgoed voor jou verloren; dingen die je weggeeft zijn voor altijd voor jou." Ik heb heel veel goede boeken gelezen, groots en diepgaand, maar ik heb nog nooit woorden gelezen die juister en wijzer waren. Want in feite is niemand rijker dan zijn buurman, of gelukkiger dan de man aan de overkant van de straat. De enige manier om geluk te verwerven is door geluk te verspreiden. De enige manier om rijkdom te verwerven is door die te delen. Behalve als onze hebzuchtige wereld in zijn dronken behoefte aan macht deze waarheid leert, zal die verdrinken in zijn eigen bloed en tranen.'

Hij sloot het boek en legde het terug op het bureau.

Ik luisterde geboeid. Ik was bekend met grootvaders grote edelmoedigheid, maar dit was meer dan edelmoedigheid. Dit was de onwrikbare wil van een man die wilde beantwoorden aan zijn eigen hoogstaande idealen.

Hij sprak met zachte stem zonder enige dramatiek of grote nadruk, maar toch brandde elk woord van hem in mijn ziel.

'Al jaren werk ik met afgebrokkelde stukjes steen. Hier zijn ze...' Hij gebaarde naar diverse archeologische vondsten op het bureau. '...de restanten van wat ooit trotse beschavingen waren. Mannen hebben gebloed voor deze stenen. Ze ploeterden en leden om iets te scheppen waarvan zij dachten dat het eeuwig en onverwoestbaar was. Ze hadden een groot vertrouwen in graniet, mortel en het vakmanschap van hun handwerkslieden. Het was hun bedoeling om het te winnen van de tijd, en ze waren ervan overtuigd dat ze daarin waren geslaagd. Maar tegenwoordig zijn zelfs deze kleine stukjes afgebrokkelde steen al moeilijk te vinden. Over een paar honderd jaar zullen ze zijn verdwenen zonder dat er nog een spoor van over is.'

Grootvader sprak met diepe overtuiging. Het was duidelijk dat hij veel over het onderwerp had nagedacht, en zijn woorden maakten diepe indruk op mij.

'De mens is bezig een nieuw stenen en granieten droombeeld te bouwen. Het verheft zich tegen de hemel, klaar om de hele wereld te omvatten. Ik heb Karl Marx gelezen – een boek dat de menselijke hebzucht veroordeelt. Een volkomen nutteloos boek omdat het vuur met vuur, hebzucht met hebzucht en geweld met geweld probeert te bestrijden. Het veroordeelt materiële onderdrukking terwijl het materialisme voorhoudt als het enige tegengif.'

Hij glimlachte even. 'Onze goede en eerlijke Vano Maradze zou het begrijpen. Weliswaar zou hij het veroordelen als een kwaadaardige en gevaarlijke overtuiging, die hij zou proberen te bestrijden met geweld en onderdrukking. Maar hij zou nooit begrijpen dat het alleen mogelijk is om het element tijd te bevechten – of de essentie van materialisme – met tijdloze, immateriële wapens.

Vertrouw nooit de tijd, Sjota, of iets wat daardoor wordt aangeraakt. Het is het meest vluchtige droombeeld van allemaal, omdat met elke tik van de klok het heden wordt veranderd in morgen en niets anders achterlaat dan bitterheid en spijt. Zoek geluk in tijdloosheid en rijkdom in eeuwige waarheid. Als je in Samourzakani komt, zul je de armste d'Iberio zijn die daar ooit is geweest – en tegelijk de rijkste. Verder zul je Vano Maradze en zijn gewapende mannen nooit nodig hebben om je rijkdommen te beschermen. Ze zijn nu in handen van een veel betere bewaarder, en Hij zal je helpen naar het soort geluk dat werkelijk tijdloos is.

Ik word ouder en wie weet hoe snel God mij zal roepen...'

Na een korte pauze vervolgde grootvader: 'Die mensen daar hebben niets anders dan mijn woord om hun rechten te bewijzen, en jij bent niet gebonden aan mijn woord, Sjota. Strikt genomen is wat ik heb gedaan eigenmachtig en illegaal – volgens de wetten van de mens – en je zult volkomen in je recht staan als je het land weer van ze af zou nemen, of pacht zou vragen voor het gebruik ervan. Het is jouw land, Sjota, en ik wil dat je voor jezelf besluit, zonder rekening te houden met mijn gevoelens. Wat vind je van dit voorstel?'

'Ik ben trots op u, grootvader,' zei ik met veel gevoel, en ik zag hoe zijn gezicht meteen opklaarde. 'Ik wil gebonden zijn door uw woord, als u dat aan mij wilt overdragen. En op mijn beurt beloof ik dat ik het zal overdragen aan mijn kinderen.'

Hij stond op, liep op me toe en omarmde me warm en gepassioneerd. 'Je hebt me het grootste geluk gegeven waar een man op kan hopen, Sjota – het recht om mijn aardse omzwervingen zonder spijt of angst te beëindigen.'

Hij maakte zich van me los en liep terug naar zijn bureau. Al zijn bewegingen weerspiegelden zijn duidelijke vreugde, alsof hij eindelijk verlost was van een last die hij al vele jaren droeg. Toen liep hij opnieuw naar me toe en legde zijn arm om mijn schouder. 'Kom,' zei hij, 'het diner wacht op ons. Er wordt gezegd: "Geef je gasten eerst voedsel en daarna de mooie woorden..."'

We liepen naar de deur. Ik was nog steeds zo overweldigd door grootvaders gepassioneerde verklaring dat ik niets kon uitbrengen. Bovendien was het geweldig om hem in zo'n uitbundige stemming te zien – duidelijk die van een volkomen gelukkig mens.

3

Taya

Het gebeurde een paar dagen na mijn aankomst in Tiflis.

De dag begon net als alle andere. De hemel strekte zich uit boven de stad als een lap blauwe zijde, hier en daar geborduurd met vlekjes van hoge witte wolken. Mijn kamer op de tweede verdieping van grootvaders huis baadde in gouden zonlicht, zo zwaar dat het leek te weergalmen bij het aanraken van de hardhouten vloer.

Die dag was schitterend en er was geen voorteken van wat dan ook. Hij begon voor mij op de min of meer gebruikelijke manier. De opwinding om weer bij mijn grootvader in Tiflis te zijn was nog steeds niet over. Ik had brieven geschreven aan bijna iedereen die ik kende in Zwitserland en Frankrijk, en was nu uitgebreid aan het snuffelen in de boeken van grootvaders bibliotheek.

Ik ging zitten om een brief te schrijven aan dokter Bauer. Voordat ik Davos had verlaten, had ik beloofd om hem zeker eens per week op de hoogte te houden van mijn gezondheid. Erast hing om me heen als de engel des doods.

'Erast!' zei ik uiteindelijk voordat ik mijn pen neerlegde. 'Ik kan niet schrijven als er iemand over mijn schouder meekijkt.'

'Ik kan het niet eens lezen,' zei Erast bot.

'Dat weet ik wel, tenminste geen Frans. Maar dat je over mijn schouder meekijkt maakt me nerveus. Doe dat alsjeblieft niet.'

Erast klonk lichtelijk gekwetst. 'Ik ga wel uit het raam staan kijken.'

'Kun je niet ergens naartoe gaan,' vroeg ik, 'en mij een poosje alleen laten?'

Erast keek naar de hemel en trok aan zijn zwarte snor. Hij was niet geneigd tot een overhaaste reactie en woog mijn woorden zorgvuldig.

'Nee,' zei hij uiteindelijk.

'Nee? Waarom niet?' vroeg ik.

'Dat heb ik prins Didi Platon beloofd.'

'Didi' betekent in onze taal letterlijk 'groot', maar het houdt meer in dan alleen dat; het geeft eerder een soort diep en warm respect aan. Ik had grootvader niet meer 'Didi' horen noemen sinds de dood van mijn oude kindermeisje Nino. Ze was met me meegegaan naar Zwitserland, om daar een paar jaar later puur van heimwee te overlijden. Ze had zich nooit kunnen aanpassen aan het comfortabele en gemakkelijke leven zo ver weg van haar eigen bergen. Maar ze wilde me niet in de steek laten, omdat een kindermeisje volgens de traditie haar hele leven bij haar kind blijft. Ze zei altijd 'Didi' als ze het over grootvader had, en ik moet bekennen dat ik het hartverwarmend vond om het nu dan opnieuw te horen.

'Wat heb je prins Platon beloofd?'

Erast overwoog die vraag een hele tijd. 'Ik heb hem beloofd om voor u te zorgen.'

'Goed,' zei ik, 'dat heb je gedaan. Maar hij bedoelde vast

niet dat je de hele dag om me heen moet blijven hangen.'

'Ik heb prins Didi Platon mijn woord gegeven.'

Het was zinloos om te argumenteren omdat de vastberadenheid van Erast niet van het gebruikelijke soort was. Nu hij zijn positie had toegelicht, zou hij daar onder geen enkele omstandigheid de hand mee lichten. Maar toch deed ik nog een laatste poging.

'Ken je niemand hier in Tiflis? Een meisje misschien?'

Erast sloeg zijn ogen neer. 'Ja, meester.'

Een straaltje hoop...

'Waarom ga je haar dan niet opzoeken, Erast? Hier, je krijgt wat geld van me. Neem haar mee uit, koop een paar oorringen voor haar... of iets lekkers. Hier, Erast! Hier heb je vijf roebel.'

Erast keek naar het geld in mijn hand en schudde zijn hoofd. 'Nee,' zei hij, 'ik heb het prins Didi Platon beloofd. Niemand kan mij ontheffen van mijn belofte, behalve prins Didi Platon zelf.'

Ik gaf het op.

We werden onderbroken door een korte klop op de deur en grootvader kwam de kamer binnen. Hij droeg zijn uniform van het 17de Regiment Dragonders, het regiment waar hij tijdens de oorlog van 1877 het commando over had gevoerd, en hij droeg het met trots. Het voegde een vreemd soort jeugdigheid toe aan al zijn bewegingen, en zijn gedistingeerde verschijning kreeg er een energiek element bij.

'Goedemorgen, Sjota,' zei hij, terwijl hij me een stevige omhelzing gaf. Hij rook naar zon en frisse lucht, dus ik wist dat hij net van buiten kwam. 'We lunchen vandaag in de grote eetkamer. Ik heb net een schitterende archeologische vondst van het station gehaald, en ik wil dat jij er ook eens goed naar kijkt.'

Hij lachte en plotseling verloor zelfs Erast zijn irritante trekjes en werd hij bijna een aangenaam mens. Er was iets aan grootvaders persoonlijkheid waardoor alle onplezierige gevoelens en elke zweem van somberheid ogenblikkelijk uit een kamer werden verdreven.

'Daarna gaan we later in de middag naar het tuinfeest van gravin Gedeminoff. Dat is hier een sociaal hoogtepunt van het zomerseizoen. Ik heb beloofd dat ik je mee zou nemen.'

Dit vond ik tamelijk onaangenaam. Ik had gehoopt dat de noodzaak om deel te nemen aan sociale activiteiten me voorlopig bespaard zou blijven. Tijdens mijn verblijf in het buitenland had ik heel weinig van dergelijke sociale verplichtingen gehad, en nog steeds was ik het liefst alleen.

'Ik zou liever...' begon ik, maar grootvader onderbrak me.

'Ik weet dat je liever niet zou willen gaan, maar een uitje zal je goed doen. Je kunt je niet eeuwig opsluiten in je kamer met je boeken. De gravin is een verrukkelijke vrouw en ze heeft twee mooie dochters, Olga en Maria. Ik denk dat je Olga wel zult mogen.'

'Ja, grootvader,' zei ik.

'En de gravin heeft ook nog een nicht die deze zomer bij haar logeert. Ze komt ook uit Zwitserland en ik weet zeker dat je haar gezelschap interessant zult vinden.'

'Hoe heet ze?' vroeg ik.

Ik kende het merendeel van de Russen die in Zwitserland woonden; misschien niet allemaal persoonlijk, maar wel van naam – met uitzondering van de hechte kolonie revolutionaire politieke vluchtelingen die zich verder met niemand bemoeiden.

'Rurikova. Ik heb begrepen dat haar moeder een slechte gezondheid heeft en al jaren in Lausanne woont.'

Rurikova... Nee, ik had haar nooit ontmoet. Maar het vooruitzicht om iemand uit Zwitserland te zien, waar ik al die jaren had gewoond, deed me plezier.

'Kleed je aan, Sjota, en zorg dat je over een halfuur beneden bent. Dan zullen we die intrigerende vondst bestuderen en besluiten of die waarde heeft voor de wetenschap.'

Grootvader klopte me op mijn rug en vertrok. Intussen was Erast al bezig mijn kleren klaar te leggen. Hij had het gevoel gekregen dat nu duidelijk was geworden hoe belangrijk hij wel niet was. 'Ziet u,' zei hij bijna beschuldigend, 'prins Platon wil dat u zich aankleedt, en hoe kunt u zich aankleden zonder dat ik hier ben om u te kleden?'

Ik lachte en gaf me zonder verder protest over aan de tirannie van Erast.

Ik had de grote eetkamer nog niet gezien sinds ik terug was, omdat die meestal dicht bleef. Grootvader gebruikte hem zelden en dan nog alleen bij speciale gelegenheden met bijzonder belangrijke gasten. Sinds mijn thuiskomst hadden we die nog niet gehad. In mijn kindertijd, toen grootmoeder nog leefde, weergalmden de gewelfde plafonds bijna dagelijks het gelach van gasten en het geklink van glazen. Grootmoeder stond bekend als een van de beste gastvrouwen uit haar tijd. Tsaar Alexander III was in deze kamer ontvangen tijdens zijn rondreis door Georgië. Maar sinds grootmoeders dood gaf grootvader er de voorkeur aan om zijn maaltijden te gebruiken in een kleinere eetkamer in een andere vleugel van het huis. Het feit dat we vandaag zouden lunchen in de grote eetkamer gaf aan dat het een belangrijke gelegenheid was, wat die ook mocht zijn.

Erast begeleidde me naar de gesloten deuren van de eet-kamer en gooide die met een plechtig gebaar wijd open. Ik bleef even doodstil staan, perplex door de aanblik die ik niet meer had gehad sinds mijn vroege jeugd.

De schitterende kamer strekte zich voor me uit in die volle Byzantijnse glorie die zo typerend is voor de voorname interieurs van Georgië. Hoge, gewelfde ramen van gebrand-schilderd glas waar veel van onze nationale helden uit onze mythologie en poëzie op waren afgebeeld. Koningin Tamar was er in traditionele kleding, evenals Roustavelli, Sint-Nino, David de Bouwer en diverse anderen, die ik niet kon thuisbrengen.

De enorme eetkamertafel van massief notenhout was ge-dekt voor drie personen. Maar hoewel de lucht in de kamer koud was als in een kerk of museum, gaven de zonnestralen die naar binnen vielen door het gebrandschilderde glas de kamer een blije, zelfs feestelijke sfeer.

'Ah, daar ben je, Sjota!' hoorde ik grootvaders stem ach-ter me. 'Kom, mag ik je voorstellen aan mijn dierbare gast, de eminente wijsgeer en geleerde, professor Quenzano uit San Sebastian.'

De Baskische professor die voor me stond was klein, oud en behoorlijk kaal. De bovenkant van zijn hoofd glom als een vollemaan, maar daaronder glinsterden een paar heldergroene ogen met onverwachte jeugdigheid en wel-willendheid.

'Aangenaam kennis met u te maken,' zei hij in het Frans, terwijl hij me de hand schudde en me aankeek door een pince-nez met dikke glazen bevestigd aan een zwart lint.

'Ik wilde de professor deze interessante voorbeelden van middeleeuwse gebrandschilderde ramen laten zien,' vervolgde grootvader. 'Ik vond ze in een vervallen Mingreels kasteel en liet ze te paard hierheen vervoeren door de bergen. Specialisten hebben me verteld dat het een van de best bewaarde voorbeelden van Georgische kunst zou kunnen zijn uit de tijd van David de Bouwer in de twaalfde eeuw.'

Professor Quenzano inspecteerde het gebrandschilderde glas met grote interesse. Zijn pince-nez bleef maar van zijn arendsneus glijden, wat hem dwong om het ding diverse keren halverwege op te vangen.

'Van onmiskenbare Griekse invloed,' zei hij uiteindelijk, 'en misschien Byzantijns. Maar het lineaire ritme heeft ook iets van de heiligenafbeeldingen in de kerk van Santi-Mamine in het hart van het Baskische land.'

Ik mocht deze man meteen, vanwege zowel zijn natuurlijke warmte en charme als zijn bescheiden manier van doen – wat altijd bij me overkwam als het onvervalste bewijs van een echte geleerde.

'De professor heeft een interessante theorie over ons, Georgiërs,' legde grootvader me uit.

De professor ving opnieuw zijn vallende pince-nez op. 'Alleen maar een theorie, excellentie, maar wel een die door tamelijk veel feiten wordt ondersteund.'

Grootvader gaf daarop een teken aan de butler die in de deuropening was verschenen. 'Wat vindt u ervan als we nu gaan lunchen en u ons dan alles erover gaat vertellen?' zei hij.

We gingen aan de enorme tafel zitten en de professor begon zijn ideeën uiteen te zetten. Hij sprak op zachte en bescheiden toon, maar toch leek elk woord te getuigen van diepgaande kennis. Hij ondersteunde al zijn beweringen met citaten van diverse wetenschappelijke publicaties. Al snel waren grootvader en ik helemaal in zijn ban.

Het bleek dat het enige doel van zijn komst naar Tiflis was om grootvader te ontmoeten, wiens naam hij had gekregen van de Academie van Wetenschappen in Sint-Petersburg. De professor ontvouwde zijn theorie dat de Georgiërs uit de Kaukasus en de Basken uit Spanje in feite tot hetzelfde ras hadden behoord, en dat dit ras ooit over het grootste deel van Europa had geregeerd. Ik vond dit fascinerend – omdat de oorsprong van de Georgiërs altijd een van de grootste vraagtekens van de Oudheid is gebleven.

Professor Quenzano bleek de net zo mysterieuze oorsprong van zijn eigen volk te hebben onderzocht en hij had een opmerkelijke ontdekking gedaan. Hij had een duidelijke overeenkomst opgemerkt tussen de Baskische taal en die van de Georgiërs. Vanaf die eerste aanwijzing had hij zijn onderzoek verder verdiept en al snel ontwikkelde hij een theorie dat de Basken en Georgiërs in feite de enige twee overgebleven takken waren van één groot Iberisch volk dat ooit een groot deel van Europa had bewoond. Maar waarschijnlijk door de een of andere prehistorische etnologische catastrofe werd het Iberische volk uit elkaar gerukt en grotendeels vernietigd, waarbij slechts twee kleine groepen het wisten te overleven. De ene groep vond een toevluchtsoord achter de Kaukasische bergketen, de andere in de bergen van het Baskische land van Spanje en Frankrijk.

Grootvader luisterde helemaal gegrepen naar deze uiteenzetting, terwijl hij af en toe vragen stelde, en het eten op zijn bord koud liet worden.

'Maar hoe is het mogelijk dat de band tussen onze volkeren zo totaal verbroken werd, professor?'

De professor zette zijn pince-nez weer recht en glimlachte. 'Waarom denkt u dat die verbroken zou zijn, excellentie? De bewijzen ervan zijn nog steeds verspreid over heel Europa. Ik ben op de meest onverwachte plaatsen op bewijzen gestuit. Neem alleen al het feit is dat we praktisch dezelfde naam dragen. Oost-Georgië heet al Iberia vanaf de dageraad der geschiedenis. Maar het Spaanse schiereiland staat ook bekend als het Iberisch Schiereiland. Dit woord is niet van Spaanse maar van Baskische oorsprong. Het is samengesteld uit twee Baskische woorden, *ibay-erri*, wat betekent: het land van de rivier.'

'Dat is waar,' merkte grootvader op.

'En niet alleen dat, excellentie. Ik heb gedocumenteerd bewijs dat voor de val van Byzantium de raciale relatie tussen onze volkeren algemeen werd erkend in Europa. Griekse en Byzantijnse zeelieden die zowel met Spanje als met Georgië handelden, erkenden hen als hetzelfde volk. Vroege Spaanse koningen spraken uw koningen aan als "Broeders, de heersers van Iberia in het Oosten".'

Grootvader was duidelijk onder de indruk. Zolang ik hem kende volgde zijn leven de richting van zijn onverzadigbare dorst naar kennis en nieuwe dingen leren. De woorden van de professor hadden plotseling een onbekende wereld van informatie geopend.

'Wilt u alstublieft bij ons blijven, professor? Ons huis is uw huis. Als we gaan samenwerken kunnen we misschien nieuwe feiten aan het licht brengen die duidelijk verband houden met uw theorieën.'

'Daar ben ik van overtuigd,' zei de professor, maar hij voegde daar toen bijna schuldig aan toe: 'Alleen ben ik behalve onderzoeker ook nog docent, en moet ik bij de aanvang van het herfstsemester terug zijn op de universiteit.'

'Maar, professor,' protesteerde grootvader heftig, 'u kunt

uw tijd toch niet verdoen met het bladeren in schoolboeken terwijl er grote en belangrijke ontdekkingen gedaan kunnen worden.'

De professor toonde een flauwe glimlach. 'Die zullen zeker worden gedaan, excellentie, maar alleen als degenen die zijn gezegend met kennis, die stukjes kennis ook delen met de gretige jonge mannen en vrouwen van morgen. Zij zullen deze kennis verder in de toekomst brengen en op hun beurt een nieuw spoor vormen voor hun kinderen om dat op te pakken en te volgen.'

'Daarin hebt u gelijk,' stemde grootvader in, 'helemaal gelijk.'

'De ware wetenschap is als ware liefde – nooit egoïstisch.'

Voor mij klonk het woord 'liefde' vreemd uit de mond van deze man die zo ver verwijderd leek van dergelijke emoties.

'Maar u blijft toch wel bij ons totdat uw universiteit weer begint?' vroeg grootvader.

'Dank u,' zei de professor simpel.

Het was al laat in de middag toen we eindelijk opstonden en de eetkamer verlieten. Ik voelde me uitgelaten en geïnspireerd. Nauw contact met intellectuele en bezielde mensen had altijd dat effect op mij.

Grootvader gaf opdracht dat zijn rijtuig moest worden voorgereden en begeleidde toen de professor naar zijn kamers boven. De man was duidelijk vermoeid door zijn lange reis en moest rusten. Hij en grootvader spraken af dat ze elkaar weer zouden zien na het diner, om de papieren en documenten te bekijken die de professor had meegenomen.

Toen we naar het landgoed van de Gedeminoffs reden, bleef grootvader stil, verzonken in gedachten. Hij streek over zijn snor, en liet af en toe zijn bekende 'hmmm' horen. Kennelijk was hij iets aan het overdenken.

'Sjota,' zei hij uiteindelijk, 'professor Quenzano heeft een groot nieuw onderzoeksveld voor me geopend. Zoals je weet vind ik het heerlijk om nieuwe dingen te ontdekken. De echte schoonheid van kennis ligt in de grenzeloosheid ervan. Hoe meer je leert, hoe meer je je realiseert wat er geleerd dient te worden. In dat opzicht bezit de wetenschap een soort goddelijke en tijdloze hoedanigheid, net als de ware heiligheid of de ware godsdienst. Gods dingen zijn eeuwig; alleen de dingen die gebonden zijn aan tijd, zijn slecht. Maar dat is ook de reden dat ze nooit echt gevaarlijk zullen zijn.'

Het korte contact met de kleine man uit San Sebastian had kennelijk een latent maar vitaal deel van grootvaders karakter aangesproken. Ik kon merken hoe deze plotselinge hernieuwde inschakeling van zijn geest een gevoel van oprecht plezier gaf.

Uiteindelijk arriveerden we bij het huis van gravin Gedeminoff, waar het feest al in volle gang was. Het huis was schitterend, aan alle kanten omgeven door een enorme Engelse tuin. De lange rij van landauers, barouchetten en open rijtuigen aan de weg, waarvan vele het wapen van bekende families droegen, getuigde van het belang van deze gebeurtenis. Gebaarde koetsiers en palfreniers in livrei stonden in kleine groepjes met elkaar te praten – ongetwijfeld over hun respectievelijke huishoudens.

Het feest zelf was als elk ander tuinfeest. De vrouw des huizes, een tamelijk gezette, sympathieke dame, gevangen in een modieuze zomerjapon, begroette elke gast die arriveerde alsof het haar enige en verloren gewaande vriend was, maar vergat hem daarna bijna onmiddellijk. Ze had het uiterlijk van een typische douairière en ik vond het moeilijk te geloven dat ze ooit iets anders was geweest. Toen ik haar zachte hand kuste, zwaar van ringen, glimlachte ze charmant. Ze vertelde me dat ze mijn vader nog had gekend, dat ik sprekend op hem leek, en ze informeerde naar Parijs. O, Parijs... dat was de stad van haar jeugd. Hoe was Parijs? Ik zei dat Parijs schitterend was als altijd, waarop ik werd vergeten en aan mijn lot werd overgelaten.

Mannen, bijna allemaal in het een of andere uniform, en dames in lichte zomerjaponnen met breedgerande hoeden hadden zich als lentebloemen over het gazon verspreid. Sommigen speelden croquet, anderen waren met elkaar aan het babbelen en genoten van koude punch, en sommigen deden niets anders dan een interessante en levendige indruk proberen te maken.

Ik werd herkend door jongens die ik nog had gekend als kind en die nu allemaal verblindende militaire uniformen droegen. Al snel werd ik in hun kring van vrienden opgenomen. Er waren veel vragen: koos ik voor het 17de Regiment Dragonders of ging ik naar Sint-Petersburg om te proberen bij het Keizerlijke Garderegiment te komen? Nee? Maar ik was toch niet van plan om mijn hele leven een burger te blijven? De diplomatieke dienst? Nou ja, uiteindelijk was het mijn leven. Als ik dat wilde verdoen in de wachtkamers van buitenlandse ministeries, dan was dat mijn zaak.

Ik werd voorgesteld aan een aantal jongedames, van wie er vele charmant waren en sommige ook nog eens mooi. Allemaal waren ze meteen onder de indruk toen ze hoorden dat ik nog geen paar maanden daarvoor in Parijs was geweest. Net terug zijn uit Parijs leek de grootste prestatie die een man kon verrichten. Al snel stond ik in het middelpunt van de belangstelling en moest ik talloze vragen beantwoorden. Iedereen leek een favoriete straat of bezienswaardigheid in de Lichtstad te hebben, en wilde weten of die nog bestond. Hoe was het met de Place d'Etoile? Die was er nog. De Champs-Elysées? Die was er nog. De Notre Dame? Ook. Montmartre? Ja. Enzovoort, enzovoort.

Er waren ook afwijkende vragen. Een uilachtige dame in een roze japon wilde weten of Poiré van Russische afkomst was, en of zijn pseudoniem Caran d'Ache was afgeleid van het Russische woord *karandash*, wat potlood betekent.

Dat wist ik niet.

Een dikke generaal-majoor van het korps van de genie wilde weten of dat lelijke ding, de Eiffeltoren, nog steeds stond waar die acht jaar geleden was gebouwd, en of het waar was dat de fundering dreef in olie. Hij vond het niet leuk toen hij hoorde dat de toren op stevige bodem stond en zwoer op zijn woord van eer dat de toren bij de eerste echte storm om zou waaien.

Ik gaf hem gelijk.

Een gepensioneerde kolonel bij de marechaussee wist lang genoeg zijn astma te onderdrukken om te kunnen zeggen dat alle Fransen nihilisten of republikeinen waren en dat ze zouden moeten worden opgehangen.

Uiteindelijk werd ik voorgesteld aan Olga en Maria Gedeminoff, de dochters van onze gastvrouw. Ik mocht Olga wel. Ze vroeg me niets over Parijs. In plaats daarvan zei ze alleen: 'Mijn nicht Taya Rurikova zit in Parijs op school. Ze loopt hier ergens rond.'

Het feest had het normale verloop en ik voelde het

stijgende verlangen om terug te keren naar het rustige huis van grootvader en weer naar professor Quenzano te luisteren.

Uiteindelijk ontdekte ik grootvader aan de rand van het croquetveld, waar hij naar het spel stond te kijken. Hij keek me glimlachend aan en legde zijn arm om mijn schouders.

'Hoe gaat het, mijn jongen?'

'Heel goed, dank u,' zei ik.

'Heb je al veel mensen ontmoet die helemaal weg zijn van Parijs?'

'Ongeveer vijftig.'

Grootvader lachte. 'Wat geeft het ook. Veroordeel ze niet te snel... Wacht nog even totdat je ze wat beter kent, en bovendien... O, *chère princesse*.' Hij stopte plotseling. 'Mag ik je mijn kleinzoon, Sjota d'Iberio, voorstellen. Sjota, dit is prinses Taya Rurikova, je "landgenote" uit het buitenland.'

Taya Rurikova bood me haar hand en glimlachte. Onze blikken ontmoetten elkaar en op datzelfde moment werd ik voor het eerst en voor het laatst van mijn leven verliefd.

Hoe kan ik ooit beschrijven wat er op dat moment met mij gebeurde? Het was een buitengewone ervaring die me tot diep in mijn ziel raakte. Het was als het lezen van het Boek der Openbaringen van de apostel Johannes, vergezeld van bliksemschichten; als het onthullen van een schilderij van El Greco met daarbij de muziek van Bach; als op hetzelfde moment sterven en geboren worden.

Taya was lang, slank en heel mooi. Maar ze was meer dan alleen lang, slank en heel mooi. Ze was plotseling de enige Taya op de hele wereld, en voor mij bestond de hele wereld alleen nog uit Taya.

Toen ging er een kwellende gedachte door mijn hoofd:

ik mag haar nooit meer verliezen. Als ik haar verlies, is dat het einde.

Ik weet niet wat ik zei en wat zij zei; heel waarschijnlijk alleen maar conventionele onzin. We konden niet zeggen, of laten doorschemeren, of zelfs denken wat we voelden. Ik wist dat zij hetzelfde voelde als ik, omdat haar gezicht bleek werd en haar ogen langzaam van donkerbruin veranderden in gitzwart. Nee, zelfs dat was het niet. Ik wist het gewoon.

'Ik mag haar niet verliezen, ik mag haar niet verliezen, ik mag haar niet verliezen!' schreeuwde mijn geest tegen mij.

'Wie heeft je over mij verteld?' zei ze, kennelijk als antwoord op iets wat ik had gezegd.

'Mijn grootvader en gravin Olga.'

'O, Olga! Is ze niet mooi?'

'Rijd je paard?' vroeg ik haastig.

'Ja,' zei ze. 'Mademoiselle Agathe en ik rijden altijd in het park.'

Pas toen merkte ik dat Taya niet alleen was. Ze was in het gezelschap van een andere vrouw, ouder, met ronde zwarte ogen en een glimlachende mond. Dat zou wel Taya's gouvernante zijn, dacht ik.

'Mag ik je morgen vergezellen?' vroeg ik met grote aandrang.

'Morgenochtend, halftien?' vroeg ze.

'Wat vind je van negen uur, voordat het echt warm wordt?'

'Uitstekend,' antwoordde ze. 'Kun je op me wachten bij het hek van het park?'

Grootvader zei: 'Jullie lijken het goed samen te kunnen vinden. Helaas moet ik nu weg. Wat vind je ervan als ik nu alleen wegga, maar later Nikolai stuur om je op te halen, Sjota? Zoals je weet heb ik thuis een gast.'

Noch Taya noch ik probeerde hem te laten blijven. Ons hele leven stond op het spel. We konden het ons niet permitteren om aan iets of iemand anders te denken. Zelfs niet aan grootvader.

4

Taya's moeder

Ik werd verliefd in Tiflis, laat op een middag in augustus 1897. Maar die dag heeft, net zoals alle andere data, verder geen betekenis.

Ik hield al van Taya toen de aarde nog leeg en zonder vorm was, en duisternis boven de diepte hing. En ik zal nog van haar houden als de aarde weer verandert in een waterloze, luchtloze bevroren bol die doelloos ronddraait door zwarte en dode eindeloosheid.

Dit is filosofie noch poëzie. Ik wist het op het moment dat ik naar haar gezicht keek. Maar zelfs als ik blind, doof, stom of zelfs dood zou zijn geweest, dan nog zou ik het hebben geweten.

Ik bleef op het feest van gravin Gedeminoff totdat het onmogelijk was om nog langer te blijven. Al die tijd praatte ik met Taya. We spraken over duizend dingen, omdat we op die manier samen konden blijven. En het enige wat ertoe deed was dat we bij elkaar waren; de woorden waren niet belangrijk. Mademoiselle Agathe, de gouvernante van Taya, liet ons geen seconde alleen, maar dat kon ons niet schelen. We waren helemaal alleen in onze eigen wereld, en veel te veel verliefd om ons druk te maken over geheimen.

Ik hoorde diverse belangrijke dingen in de loop van die middag. Taya's vader was dood en haar moeder was opnieuw getrouwd met een Oostenrijkse diplomaat die haar vier jaar daarvoor had verlaten, toen ze ziek werd. Ze woonde op een klein landgoed in Lausanne; haar toestand was ernstig en verslechterde geleidelijk.

Taya bezocht een school ter voltooiing van haar opvoeding in Parijs en bracht het grootste deel van haar vrije tijd door aan het bed van haar moeder. Haar reis naar de Kaukasus deze zomer was bijna bij toeval. Haar tante, de rijke gravin Gedeminoff, had de wens te kennen gegeven om Taya persoonlijk te leren kennen, voordat ze een voorziening zou treffen in haar testament ten gunste van haar nicht. Taya wilde eigenlijk niet komen, maar haar moeder had haar met tranen in haar ogen gesmeekt om het dan voor haar te doen. Taya had niet de kracht om dergelijke smeekbeden te weerstaan.

Even werd ik weer bevangen door angst. Wat zou er zijn gebeurd als Taya zich niet had laten overhalen door haar moeder? Dan zou ik Taya waarschijnlijk nooit hebben leren kennen. Maar het volgende moment wist ik al dat dat onmogelijk was. Ik zou Taya hoe dan ook hebben ontmoet; onze fysieke ontmoeting in Tiflis was een onbelangrijke gebeurtenis vergeleken met de onpeilbaarheid van de liefde die we hadden ontdekt. Ik schaamde me over de bittere angst om haar te verliezen, die ik om de paar minuten voelde sinds onze ontmoeting. Dat gaf blijk van een gebrek aan vertrouwen in onze liefde, dacht ik, en was bijna een verraad.

De volgende morgen gingen we paardrijden in het park

– Taya, mademoiselle Agathe en ik, met Erast als rijknecht. Opnieuw ging het op dezelfde manier – betekenisloze woorden en de enorme, bijna uitzinnige opwinding om simpelweg in elkaars gezelschap te zijn.

Van alle woorden die er die morgen werden gezegd, bleef vooral één zin me bij. Het was iets wat Taya rechtstreeks tegen me zei en ook al merkte ze het terloops op, toch had het een diepe betekenis.

'Over ongeveer twee weken gaan we weer terug naar Zwitserland,' zei ze.

'Eindelijk,' verzuchtte mademoiselle Agathe.

'Denk je dat je in de nabije toekomst nog een bezoek zult brengen aan Parijs?' vroeg Taya.

'Ja,' zei ik.

'Wanneer?'

'Heel spoedig.'

Taya antwoordde niet, maar gaf me een snelle en indringende blik. Ik kon een diepe dankbaarheid en begrip voelen in die blik. 'Hij zal me niet in de steek laten,' moet ze hebben gedacht. 'Hij zal onze liefde niet verraden.' Ik voelde haar gedachten zo duidelijk alsof ze ze hardop had uitgesproken.

Ik had niet het flauwste idee wanneer ik in de gelegenheid zou zijn om Parijs te bezoeken. Ik wist dat grootvader van me verwachtte dat ik enige tijd thuis zou blijven. Maar ik wist ook dat ik niet van Taya gescheiden kon of mocht worden, zelfs niet voor korte tijd.

Ze las mijn gedachten, gaf me een blik die me tot in het diepst van mijn ziel verwarmde, en knikte toen.

'Zullen we die kant op gaan?' zei ik, terwijl ik naar een laan naar rechts wees.

'Dat is goed,' antwoordde ze.

'Dit doet me denken aan het Bois,' zei mademoiselle Agathe.

Ook al miste ze dan misschien wat fijngevoeligheid, toch voelde zelfs mademoiselle Agathe dat er iets gaande was tussen Taya en mij. Wat haar verbaasde was dat we geen pogingen deden om alleen te zijn, en verder dat onze conversatie volkomen gespeend bleef van amoureuze inhoud. Ze kon niet begrijpen dat we niet hulp van buitenaf nodig hadden om elkaars gevoelens te weten te komen. We waren daar samen, alleen en compleet in onze liefde, zelfs binnen een menigte mensen. Dit gevoel was zo krachtig dat het een spiritueel karakter leek te bezitten, bijna alsof we waren samengevoegd tot één persoon, op een manier die geen woorden van liefde ooit zouden kunnen uitdrukken.

Diverse keren tijdens onze rit bleef mademoiselle Agathe bewust achter om ons de kans te geven alleen te zijn, maar we stopten altijd en wachtten dan totdat ze ons weer had ingehaald. Dat verbijsterde haar romantische Franse ziel nog meer, en Taya en ik wisselden geamuseerde blikken toen we zagen dat ze er niets van begreep.

Ik begeleidde Taya naar huis en we spraken af dat we de volgende dag weer zouden gaan rijden.

Vanaf dat moment waren er geen dagen of nachten meer voor mij. Mijn tijd viel simpelweg uiteen in de tijd waarin ik bij Taya was en de deprimerende tussenperiode waarin ik wachtte op onze volgende ontmoeting. We ontmoetten elkaar dagelijks, reden paard, wandelden, praatten en waren opgewonden bij de gedachte aan de ontmoeting van de dag erna.

Maar op een morgen toen ik samen met Erast het stallencomplex op kwam rijden na een ochtendrit met Taya, kwam een van de bedienden naar me toe om te zeggen dat grootvader me wilde spreken in zijn studeerkamer. Ik steeg af, wierp Erast de teugels toe en haastte me via de achtertrap het huis in.

Ik trof grootvader en professor Quenzano volkomen in beslag genomen aan. De hele kamer, de tafels, divans en zelfs de grond waren bezaaid met papieren en foto's. Grootvader en de professor zaten op het kleed een oud stuk perkament te bestuderen. Zonder hun eerbiedwaardige voorkomen had je ze gemakkelijk kunnen aanzien voor twee jongetjes die op de grond van de kinderkamer aan het spelen waren. Grootvader keek op en zei glimlachend: 'Kom hier eens naar kijken!'

Ik knielde naast hem neer en keek naar het stuk perkament.

'De professor vond dit in een oud Moors huis in Marokko. Het werd daar vanuit Granada heen gebracht door Almanzor-strijders. Herken je het?'

Het handschrift zag er Georgisch uit, ook al was de tekst heel oud en kon ik het nauwelijks ontcijferen.

'Is het Georgisch?' vroeg ik.

'Natuurlijk! Een prachtig voorbeeld van het Georgische alfabet uit de vierde eeuw – een complete beschrijving van het leven en werk van de apostel Andreas in Georgië... gevonden in Spanje! Begrijp je het belang van deze ontdekking, Sjota?'

'Ja,' zei ik.

'Ik heb nog een aantal van dergelijke oude geschriften, excellentie,' zei de professor, terwijl hij wees op een stapel die nog onaangeroerd was.

'Prachtig! Die gaan we zo bekijken. Maar kom eens even hier, Sjota,' zei grootvader terwijl hij opstond.

We liepen naar het bureau en grootvader haalde een paar treinkaartjes uit een la. 'Ik had het plan om morgen met elkaar naar Samourzakani te gaan,' zei hij, 'en ik had al een privécompartiment voor ons gereserveerd. Maar de professor heeft net een telegram ontvangen waardoor zijn bezoek hier nog korter zal worden dan we al hadden gedacht, dus ik kan maar beter hier blijven om door te werken. Ga jij maar alleen, Sjota. De trein zal je naar Senaki brengen, waar Vano Maradze je zal afhalen om je naar het kasteel te brengen.'

Mijn hart zonk in mijn schoenen. Ik had afgesproken om de volgende morgen met Taya naar de St. Davidsberg te gaan. Ik stond op het punt woorden van protest te uiten, toen grootvader met een twinkeling in zijn ogen vervolgde: 'Ik reed vanmorgen even langs bij gravin Gedeminoff terwijl jullie aan het paardrijden waren,' zei hij quasinonchalant, 'om haar, haar dochters en Taya Rurikova uit te nodigen voor het uitstapje. Ik wist wel dat je dat niet erg zou vinden. Helaas kunnen echter zowel de gravin als haar dochters niet mee. Dus je zult je tevreden moeten stellen met het gezelschap van prinses Rurikova. Haar gouvernante gaat natuurlijk ook mee.'

Ik zag aan grootvaders uitdrukking dat hij alles wist over Taya en mij, en ook dat hij het goedkeurde. Dat was een heerlijke ontdekking, want als grootvaders houding ongunstig zou zijn geweest, had dat een ernstig probleem voor mij kunnen zijn.

Toen gaf grootvader me korte instructies over wat ik moest doen na mijn aankomst op Samourzakani, waar ik een bezoek aan moest brengen en welke punten ik moest doornemen met Maradze.

'Ik hoop dat je zult genieten van het uitstapje, Sjota,' zei hij.

'Ik weet zeker dat ik dat zal doen,' zei ik, en ik voegde er toen ademloos aan toe: 'Hoe kan ik u ooit bedanken?'

'Mij bedanken?' zei grootvader eerst onschuldig. Toen keek hij me recht aan. 'Je hoeft me niet te bedanken, Sjota. Dank je Schepper voor alle goede dingen die hij jouw richting op laat komen.'

Ja, inderdaad, ik had veel om dankbaar voor te zijn... Taya en grootvader! Nooit eerder of later heb ik een man ontmoet met een grotere of warmere wijsheid, en op de een of andere manier raakten die twee in mijn geest nauw met elkaar verweven. Ik dacht aan Taya als ik aan grootvader dacht; en als ik aan Taya dacht, leek dat ook altijd grootvader te behelzen. Ze waren de twee beste mensen die ooit in mijn leven waren gekomen.

De rest van de dag werd doorgebracht ter voorbereiding op de reis. Boodschappers gingen heen en weer, totdat werd besloten dat ik Taya en mademoiselle Agathe in grootvaders koets zou ophalen om ze daarna naar het station te brengen.

Ik geloof niet dat ik die nacht een oog heb dichtgedaan, maar toch leek ik de mooiste dromen te hebben. Ik stond vroeg op maar ontdekte dat al mijn spullen al waren ingepakt door Erast, die er helemaal klaar voor was. Hij ging naar huis, naar zijn eigen Samourzakani en voelde zich duidelijk uitgelaten. Hij had kennelijk de hele nacht doorgebracht met het oppoetsen van zijn dolk, omdat de zilveren ornamenten van zijn gordel en de patroonhulzen over zijn jasje glommen als een spiegel.

Taya, mademoiselle Agathe en hun berg bagage wachtten op ons in de hal van de Gedeminoffs. Mademoiselle Agathe was duidelijk nerveus bij het vooruitzicht van haar eerste reisje naar 'het binnenland'. Ze uitte ernstige ongerustheid over de veiligheid van Taya en haarzelf.

'Hoe zit dat met die bergbandieten?' bleef ze maar vragen. Ik vertelde haar dat dergelijke bandieten helemaal niet bestonden, maar slaagde er duidelijk niet in om haar te overtuigen. De gravin ontving me in haar privézitkamer boven en vroeg me om goed te zorgen voor haar 'kleine meisje'. Ik verzekerde haar met mijn hele hart dat ik dat zou doen. 'Ik ben zo blij,' zei ze, 'dat Taya deze kans krijgt om Georgië te zien zoals het werkelijk is.'

Ik kuste haar hand en we vertrokken.

We installeerden ons in het privécompartiment in de trein. Terwijl we Tiflis verlieten, begon mademoiselle Agathe langzaam haar angst voor 'het binnenland' te verliezen en er zelfs plezier in te krijgen. Ze begon luid haar bewondering te uiten voor het landschap dat we passeerden en richtte veel van haar lange verhalen rechtstreeks tot Erast, die, ook al verstond hij geen woord Frans, met kennelijk grote interesse luisterde.

Erast bleek van onschatbare waarde. Hij had voldoende proviand ingepakt voor een reis van een maand en elke maaltijd was verrukkelijk. Op de een of andere manier slaagde hij erin om mademoiselle Agathe zover te krijgen een paar glazen Kakhetiaanse wijn te drinken, die haar aan het giechelen maakten. Dit bleek een zegen, want daardoor hield ze eindelijk op met haar stroom van vragen. Voor wat Taya betreft, die had Erast helemaal voor zich gewonnen. Bij iedere halte plukte hij veldbloemen voor haar, wat iedereen roerend vond.

Taya zelf had eveneens grote ogen van opwinding. Haar gepassioneerde liefde voor de natuur leek bij elke bocht groter te worden en ze prees herhaaldelijk het schitterende landschap dat achter de ramen voorbijgleed. Ze wilde alles weten over het land en luisterde gretig naar mijn ontoereikende uitleg.

'Dit is mooier dan Zwitserland...' bleef ze herhalen, terwijl ze keek naar de met sneeuw bedekte bergen van de Grote Kaukasus naar het noorden, die nu een strak silhouet vormden tegen de blauwe hemel en zich uitstrekten langs de horizon. '...en veel, veel ruiger. Vertel me er alsjeblieft alles over!'

Ik vertelde haar alles wat ik wist. Als de grootste en hoogste bergketen in Europa strekt de Kaukasus zich uit in een ononderbroken barrière van de Zwarte Zee tot aan de Kaspische Zee, over een afstand van meer dan elfhonderd kilometer. Sinds onheuglijke tijden had die gediend als een reuzenkam waardoorheen ontelbare golven migranten en veroveraars waren gekomen – van wie een deel uiteindelijk in de bergen was gaan wonen.

Onze trein passeerde de vele oude steden van centraal Georgië en reed toen de mooie provincie Mingrelië (of Samegrelo) binnen. De duisternis viel bijna in toen we uiteindelijk aankwamen op het kleine station dat het dichtst bij ons landgoed was. Het landschap eromheen straalde een woeste schoonheid uit, met grijze granieten bergen en blauwgroene dennenbossen die zich aan alle kanten opdrongen. Vanaf het station zouden we een bergweg moeten nemen naar Zugdidi, dan met een veerboot de rivier de Ingur moeten oversteken, om uiteindelijk het prinsdom Samourzakani te bereiken.

Vano Maradze, een kleine man van misschien vijfenvijftig en gekleed in een bruin kostuum, stond ons op te wachten op het perron. Om hem heen stond zijn groep mannen van Samourzakani, die allemaal gekleed waren in de volle glorie van bergstrijders. Ze droegen bontmutsen, strakke laarzen, lange jassen, patroonhulzen over de borst en dolken in een schede, bevestigd aan hun gordel. Een werkelijk prachtige en kleurrijke groep mannen; maar tamelijk ontzagwekkend voor mensen die onbekend zijn met de kleding van de vredelievende boeren uit de streek. Ik zag dat mademoiselle Agathe wit wegtrok. Dus dit was dan het vreselijke 'binnenland' en dat waren de 'bergbandieten' over wie ze zoveel had gehoord in Parijs, voordat ze aan haar Kaukasische reis was begonnen.

Op het moment dat onze trein stopte, riep Vano Maradze bevelen en de mannen zwermden ons compartiment in om onze bagage naar buiten te brengen. Toen een van die bergstrijders de arme gouvernante benaderde en de tas probeerde te pakken die ze droeg, liet ze die op de grond vallen met een ontzette kreet. De man, lang en knap, met een zwarte snor, reageerde door haar al zijn tanden te laten zien in een gegeneerde glimlach, ongetwijfeld net zo geschokt door zo'n vreemde reactie van deze mooie buitenlandse vrouw.

'Welkom, meester,' begroette Vano Maradze me. Hij had een intelligent gezicht en sprak goed Russisch zonder een spoor van een accent. Ik stak mijn hand naar hem uit, die hij respectvol aannam. 'Dit komt heel ongelukkig uit...' mompelde hij. 'Echt heel ongelukkig...'

'Wat komt ongelukkig uit?' vroeg ik.

Maradze legde uit dat door de recente stortregens de

wegen op sommige stukken waren weggespoeld en dat Samourzakani op dat moment alleen te paard te bereiken was. Hij verontschuldigde zich uitgebreid. Prins Platon had hem niet verteld dat er ook dames in het gezelschap zouden zijn – als hij dat had geweten, zou hij hebben aangeraden om de reis een paar dagen uit te stellen.

'Hoe lang duurt het ongeveer voordat we in Samourzakani zijn?' vroeg ik.

'Zeker zes of zeven uur, als we flink doorrijden,' antwoordde Maradze. 'Daarom wil ik voorstellen om onderweg te stoppen voor de nacht bij het kasteel van prins Dadiani. Dat is maar een paar kilometer hiervandaan en het zal hem een genoegen zijn om u en de dames als zijn gasten te ontvangen. Intussen zal ik kijken of ik een koets hierheen kan laten komen vanuit Samourzakani.'

Taya werd in het overleg betrokken en klapte verrukt in haar handen toen ze hoorde over het dilemma. 'Prachtig! We gaan vanavond rijden. Mademoiselle Agathe en ik kunnen uitstekend paardrijden. Zes of zeven uur in het zadel zou een prachtige ervaring zijn. Laten we alsjeblieft meteen op pad gaan!'

Mademoiselle Agathe echter toonde minder enthousiasme bij het idee. Ze drong erop aan om de nacht door te brengen in het kasteel van prins Dadiani. Maar Taya wilde niet luisteren, zodat we besloten op weg te gaan naar Samourzakani zodra we onze rijkleding hadden aangetrokken.

Al snel was onze bagage op de reservepaarden gepakt die Maradze had meegebracht van het landgoed. We begonnen de tocht met door een smalle bergkloof te rijden. Het was een kleurrijke cavalcade. Sommige van Maradzes mannen reden aan het hoofd van de stoet, terwijl andere een soort achterhoede vormden. Ze haalden hun geweren tevoorschijn en legden dat dwars over hun zadel, in traditionele stijl. Hoewel de voorzorgsmaatregel overbodig was in een streek waar het nu al tientallen jaren rustig was, koestert het Georgische hart de traditie. Aan mannen mag nooit het privilege worden ontnomen om – hoe ongevaarlijk de situatie ook is – hun bereidheid tot vechten te tonen.

Terwijl het duister inviel staken de voorrijders in olie gedrenkte toortsen aan. Ze galoppeerden het bergpad op en neer, onder vertoon van roekeloze ruiterkunst. De aanwezigheid van Taya en mademoiselle Agathe wakkerde hun bravoure aan. In pogingen elkaar te overtreffen in uitingen van steeds meer lef vuurde een enthousiasteling uiteindelijk zijn geweer af. De luide knal echode door de bergen en mademoiselle Agathe viel van schrik bijna van haar paard. Maradze berispte de boosdoener meteen, en het vuurwerk hield op.

Maar niemand kon de intens romantische sfeer ontkennen die onze tocht kenmerkte. Ik kon zien dat Taya opgewonden was.

'Wat een prachtig land en wat een geweldige mensen,' zei ze met groot gevoel. 'En hun leefwijze is al eeuwen niet veranderd.'

'Een Duitse reiziger noemde dit ooit eens "het land van de laatste ridders",' vertelde ik haar.

'Wat toepasselijk. Ik kan voelen hoe de geest van de Middeleeuwen nog in de lucht hangt, Sjota. Ik begin echt verliefd te worden op jouw land!'

Dat was de eerste keer dat ze me aansprak met 'Sjota' en

het raakte me diep. Terwijl we zij aan zij reden, pakte ik haar hand en kuste die zonder nog iets te zeggen.

Toen verrees de maan boven ons; een prachtige ronde en gele Mingrelische maan. Zijn zilveren licht transformeerde het platteland al snel in een sprookje van gekartelde rotsen en glinsterende bergbeekjes. Toen klonk ergens boven onze hoofden de roep van een uil.

Ongeveer halverwege de tocht naar het landgoed stopten we naast een bergbeek. De mannen ontzadelden hun paarden en lieten ze grazen. Kampvuren begonnen te knetteren. Wijn en brood werden tevoorschijn gehaald uit de zadeltassen, en toen vulde de verrukkelijke geur van geroosterd lamsvlees de lucht. Iemand haalde een oud snaarinstrument tevoorschijn dat een *chonguri* wordt genoemd, en al snel begon de melodie door de koele nachtlucht te zweven. Het duurde niet lang of iemand begon een Georgische ballade te zingen – de woorden volgden de gebruikelijke thema's van liefde, oorlog en verdriet. Binnen een paar minuten werd zelfs mademoiselle Agathe meegevoerd door de sfeer van dat moment.

'Wat een avond voor romantiek,' verzuchtte ze, en ze keek in de richting van de jonge man die haar op het station zo aan het schrikken had gemaakt.

Terwijl Erast thee voor ons maakte boven het kampvuur, liepen Taya en ik zwijgend langs de beek. Hoewel Taya duidelijk vermoeid was door de rit, hield de nerveuze opwinding van ons avontuur haar zintuigen klaarwakker.

Op de klagende klanken van de chonguri die in onze richting zweefden vanaf het kamp, zong een mannenstem:

Op jouw vinger zou ik rusten
Als ik een gouden vingerhoed was.
Je tere voeten zou ik strelen
Als ik een veldbloem lang de weg was.

'Op een avond zoals deze krijg je het gevoel dat doodgaan heel gemakkelijk kan zijn,' zei Taya. 'Ik weet zeker dat niets deze nacht kan overtreffen qua schoonheid. Dus waarom zou je dan nog verder leven met alle lelijkheid die zou kunnen volgen?'

'Alles heeft een doel,' zei ik, 'zelfs lelijkheid.'

'Zelfs lijden?' Er klonk een plotselinge droefheid in haar stem.

'Zelfs lijden,' antwoordde ik. 'Maar waarom praat je zo over dingen, Taya?'

Dit was de eerste keer dat ik haar Taya noemde. De klank van haar naam raakte me diep vanbinnen.

'Ik moet denken aan mijn moeder,' zei ze, nu op een andere, tragische toon. Twee tranen glinsterden in het maanlicht en rolden langs haar wangen omlaag. Plotseling voelde ik een overweldigende aandrang om haar in mijn armen te nemen en die tranen weg te kussen. Maar in plaats daarvan zei ik alleen maar: 'Ik heb begrepen dat ze ziek is.'

'Ze is langzaam aan het doodgaan,' zei Taya ellendig, 'en dat lijkt zo onrechtvaardig. Ze is niet oud en ze houdt meer dan wie dan ook die ik ken van het leven, Sjota...' Haar stem brak even.

'Wat is er, Taya, mijn liefste?'

'Ik hoop zo erg dat je mijn moeder snel kunt ontmoeten. Niet veel mensen zijn goed voor diegenen die op het punt staan dood te gaan,' zei ze simpelweg. 'Ze willen zich weg haasten en vergeten. De dood maakt mensen van streek, wat niet goed is; het is onnatuurlijk. Maar jij bent anders, Sjota. Jij zou niet anders kunnen zijn.'

De woorden van de zanger vermengden zich met het kabbelende water van het beekje:

Als ik jouw geheime gedachte was
zou ik altijd in je hart leven.
Als ik jouw schaduw was, mijn lief,
Zou ik altijd dicht bij je zweven...

'Ze is alles wat ik heb... alles wat ik had, in de wereld,' vervolgde Taya nu vol emotie. 'Ze is altijd zo goed voor me geweest, zelfs toen de hele wereld aan haar trok als een troep wolven. Toen ze trouwde met Otto von Lemberg wendde de familie zich van haar af. Hij was een wrede man, maar ze zorgde ervoor dat hij mij nooit in wat voor opzicht ook kwaad deed. Ze heeft me gesteund in zo veel slechte en droevige tijden. Ik zou liever duizend keer sterven dan haar op wat voor manier ook pijn doen, Sjota... of toestaan dat iemand haar kwaad zou doen, vooral nu ze nog maar zo weinig tijd te leven heeft.'

Ze stopte en liet haar hand snel in de hals van haar blouse glijden, om een klein voorwerp aan een gouden ketting tevoorschijn te halen.

'Kijk, Sjota,' zei ze.

In het maanlicht kon ik met moeite een rond gouden medaillon onderscheiden met een kleine beeltenis van de Maagd Maria.

'Moeder gaf dit aan mij in Parijs toen ze voor het eerst ziek werd, en naar Lausanne moest. Ze zei dat dit medaillon me zou behoeden, beschermen tegen het kwaad en zou leiden naar gezondheid en geluk.' Ze bewoog de icoon naar haar lippen en kuste die eerbiedig. We hervatten onze wandeling in stilte en naderden al snel een open ruimte waar stapstenen over de beek waren gelegd. Ze lagen daar als zwarte blokken in het schuimende witte water en ik realiseerde me dat we op een bergpad waren gestuit dat door herders werd gebruikt, op zoek naar vers gras voor hun schapen. Naast het pad stond een houten heiligdom in de vorm van een kruis met daarin een klein beeld van de Maagd Maria onder een puntdak. In de ruimte onder de icoon glinsterden diverse munten in het maanlicht.

We stopten om te kijken.

'Wat staat daar?' vroeg Taya, terwijl ze wees op een regel Georgisch schrift onder de icoon.

Ik tuurde ingespannen en las: 'Als u hebt, geef dan. Als u iets nodig hebt, neem dan.'

'Wat betekent dat?' vroeg Taya.

'Precies wat er staat, Taya. De arme reizigers nemen wat munten als ze die nodig hebben, en de welgesteldere reizigers leggen er wat neer. Je vindt dit soort heiligdommen overal in deze bergen.'

Ik pakte wat zilveren munten uit mijn zak en legde ze op de plank, zonder dat ik merkte dat Taya haar ketting met het medaillon had afgedaan. Plotseling zag ik hoe ze die tussen de munten legde.

'Taya...!' zei ik, maar ze hield me tegen.

'Ik weet dat moeder zou willen dat ik dit zou doen, Sjota... Misschien zal het iemand anders geluk brengen. Ik heb zoveel dat zelfs als ik het dag en nacht zou weggeven tot het einde van mijn leven, mijn geluk nog niet zou opraken.'

88

Ze rilde alsof ze het koud kreeg. Een dunne mist verhief zich boven de rivier, en ze pakte stevig mijn hand.

'Laten we teruggaan,' zei ze rustig. Plotseling klonk er geen droefheid meer in haar stem.

5

Broeder Shalva

Een lichte zweem van een zomerdageraad verscheen al aan de oostelijke hemel toen we de door de regen gezwollen Ingur bereikten en ons over lieten zetten. Nu waren we in Samourzakani en mijn hart ging een beetje sneller slaan. Dit was het land van mijn voorvaderen, en elke steen op het pad leek plotseling vriendelijk en persoonlijk in mijn ogen.

Het was jaren geleden dat ik voor het laatst in Samourzakani was geweest, en ik merkte dat ik opnieuw onder de indruk was van het lieflijke landschap. De golvende heuvels waren bedekt met keurige rijen wijnstokken – meer dan ik me herinnerde van vroeger. De lager gelegen velden waren ook allemaal in cultuur gebracht en doorsneden met irrigatiesloten. Elk stuk bebouwbaar land leek te zijn gecultiveerd en bewerkt. Samourzakani bloeide als een enorme bloem, groen, fris en gezond.

'Was dit gebied eerder niet verlaten?' vroeg ik aan Maradze, die naast Taya en mij reed.

'Ja,' antwoordde hij stug, waarbij hij zijn woorden met zorg koos. 'Dat was... voordat prins Platon het weggaf aan de boeren.'

'Het is mooi om te zien,' zei ik.

'Om te zien wel, ja, maar niet om te beheren,' verzuchtte Maradze. 'Ik heb veel problemen. De mensen beginnen rusteloos te worden. Ze vergeten dat ze dit land slechts tijdelijk bezitten. Ze gedragen zich als heren en meesters; ze beginnen het respect voor hun meerderen te verliezen.'

Die arme Maradze had misschien problemen, maar hij slaagde er dan ook niet in om het grotere beeld te zien waarin alles was geplaatst. Ik had echt medelijden met hem, maar kon hem geen troost bieden.

'Het gaat helemaal fout met de wereld,' vervolgde hij. 'Ik zie dat overal om me heen... grote landgoederen vallen uiteen... De Marchani's moesten hun land aan de andere kant van de rivier verkopen aan mensen uit het noorden, die er een vakantiepark willen bouwen voor de verhuur van huizen aan toeristen. De prinselijke landgoederen komen om in de schulden, terwijl hun meesters dansen in Sint-Petersburg en Parijs. Het einde van de wereld is nabij.'

'Of misschien het begin van een nieuwe wereld?' waagde Taya rustig.

Er klonk bedekte ironie in Maradzes stem toen hij antwoordde: 'Ik zou willen dat ik dat kon denken, prinses. Dat is niet louter mijn mening. Ik heb met wijze mannen gesproken die hier al heel lang wonen. Ze zijn het allemaal met me eens dat het van kwaad tot erger gaat. Ze hebben het nooit eerder zo meegemaakt.'

'Alles verandert,' zei Taya met een ongebruikelijk ernstige klank in haar stem. 'Ik hoorde ooit eens een verhaal over vlinders die maar een dag leven. Ze worden vroeg in de morgen geboren als de zon nog jong en helder is, en tegen de middag zijn ze van middelbare leeftijd. Dan zijn ze niet langer de zorgeloze vlinders die ze daarvoor nog waren. Maar rond de middag wordt er plotseling een nieuwe generatie vlinders geboren die begint te fladderen in de zon. Als de zon begint te zakken, gaat de oude generatie zich zorgen maken... "De wereld is bezig ten onder te gaan," zeggen ze tegen de jonge vlinders. "Kijk! De zon begint kouder te worden, donkere schaduwen dalen neer over de valleien. Toen wij jullie leeftijd hadden was het allemaal heel anders. Alles was lichter en beter. Dit is het einde, kinderen. Wij zijn oud en wijs en wij weten alles." Dan sterven ze, ervan overtuigd dat er een einde is gekomen aan alles. Maar de volgende morgen komt de zon opnieuw op en nieuwe vlinders fladderen net zo vrolijk en zorgeloos als altijd rond de bloemen.'

Maradze gaf hier geen antwoord op en we reden zwijgend verder.

Kort daarna gingen we een brede vallei in en daar, recht voor ons, boven op een kleine heuvel, zag ik plotseling het kasteel van Samourzakani als een silhouet tegen een bleekgroene hemel, somber en indrukwekkend. Het was vele eeuwen geleden gebouwd van donkere Mingrelische steen en had moedig de aanval van de tijd doorstaan. Zijn grijze muren en hoge wachttorens rezen krachtig op tegen een steile rots. Onze paarden, die voelden dat voedsel en rust vlakbij waren, hinnikten en steigerden. Hun hoeven kletterden gretig tegen de kapotte stenen van de weg – ook zij keken uit naar hun thuiskomst.

'Dit is net een bladzijde uit een sprookje,' zei Taya. 'Het is zo onwerkelijk, zo mooi.'

'*Magnifique*,' echode mademoiselle Agathe.

'Het is zo droevig om te bedenken dat dit alles bezig is te verdwijnen,' verzuchtte Maradze.

Op dat moment riep de stem van een wachter vanaf de dichtstbijzijnde wachttoren: 'Vier uur op een heldere morgen en alles is goed.'

Een volgende wacht herhaalde deze roep vanaf een andere toren, toen een volgende, en nog een volgende. Samourzakani verwelkomde ons met de aankondiging van een nieuwe dag en de verzekering van vrede en tevredenheid op aarde.

'Vier uur op een heldere morgen en alles is goed!'

Een zware ophaalbrug kletterde met klagelijk gekraak omlaag en we reden over de slotgracht naar een poort, vervaardigd van enorme cederhouten planken, versterkt met ijzeren bouten. Hij zwaaide langzaam open en liet ons toe op de grote binnenplaats van het kasteel.

Een gevoel van veiligheid en welzijn omgaf me, samen met – dat moet ik wel bekennen – de verleidelijke gedachte aan een zacht bed.

De volgende morgen stond ik laat op en ik bracht het grootste deel van de dag samen met Maradze door. We namen zijn boeken door – die me eigenlijk niet interesseerden – en bekeken diverse stukken van het landgoed die hij me per se wilde laten zien. Intussen bleven Taya en mademoiselle Agathe rusten, duidelijk uitgeput door de reis. Hoewel ik hun gezelschap miste, bestudeerde ik plichtsgetrouw de boekhouding van Maradze. Een paar keer probeerde hij, heel behoedzaam, de consequenties van de genereuze dwaasheden van mijn grootvader aan te geven. Maar ik moedigde hem niet aan en al snel begreep hij dat zijn klachten aan dovemansoren waren gericht. Zijn houding werd dubbel moeilijk door het feit dat het landgoed nu echt floreerde, in weerwil van grootvaders edelmoedigheid. Hij kon niet begrijpen hoe dat nu mogelijk was, maar moest toegeven dat alles opmerkelijk goed ging.

Het diner was eenvoudig maar werd prachtig opgediend. Taya en mademoiselle Agathe kwamen naar beneden en ik stond erop dat Maradze ook met ons mee zou eten. Het duurde niet lang of we zaten allemaal vrolijk samen te eten en te drinken, terwijl Maradze verhalen vertelde over Samourzakani en zijn vroegere landheren. Hij bleek een opmerkelijk talent als historicus te bezitten en onthaalde ons op veel amusante anekdotes over mijn familie en hun voorouders.

Na het diner gingen we dominoën en luisteren naar het pianospel van Taya. Ze speelde heel aardig, vooral toen de heldere sopraanstem van mademoiselle Agathe zich erbij voegde. We gingen vroeg naar bed. De plezierige, zorgeloze routine van het kasteel begon ons al in zijn greep te krijgen, en het was een goed gevoel.

Ik denk altijd dat er iets is aan het leven op het platteland waardoor je kalmer en tevredener wordt. Dit geldt vooral voor het Georgische platteland, dat meer dan waar ook het rustige karakter en het tragere tempo van de eeuwen ervoor lijkt te hebben behouden. De tijd gleed voorbij in een traag tempo en zorgde voor een blije en wolkeloze periode voor Taya en mij en onze gestaag groeiende liefde. Zelfs mademoiselle Agathe begon plezier te krijgen in het pastorale leven en ze begon Maradze steeds vaker te vergezellen over het landgoed. Ze luisterde daarbij naar zijn verhalen, die hij vertelde in gebroken Frans – en natuurlijk stelde ze hem telkens opnieuw vragen. Ik merkte ook dat Maradze grotere hoeveelheden pommade begon te gebruiken voor zijn snor – een duidelijk teken dat er romantiek in de lucht zat.

Op de eerste zondag na onze aankomst organiseerden de bewoners van de naburige dorpen een feest met een toernooi ter ere van ons. Deze steekspelen of *jiritoba* vormden al eeuwenlang een wezenlijk onderdeel van het Georgische leven. In de dagen die naar het evenement leidden, gonsde het in het kasteel en de naburige dorpen alsof er zwermen opgewonden bijen rondvlogen. Jonge mannen poetsten hun wapens en rijuitrusting op. Daarna gingen ze hun paarden verzorgen en hielden ze oefenwedstrijden buiten hun dorpen. Meisjes pasten hun beste kleren en zelfs de oudere mannen en vrouwen deelden in de toenemend feestelijke sfeer. Op een dag begonnen de bedienden op het kasteel ineens zaagsel uit te strooien over de binnenplaats, waar de jiritoba zouden plaatsvinden. Ze zetten tenten op voor de gasten en toeschouwers en begonnen voorbereidingen te treffen voor een enorm openluchtfeest. Volgens de traditie zouden alleen het beste voedsel en de beste wijn worden geserveerd, en dat gold voor iedere bezoeker, ongeacht rang of status. Op de morgen van het feest begonnen potten plotseling te koken, houtskoolvuren te roken en vulde de lucht zich met de meest heerlijke aroma's.

Na de ochtendmis arriveerden de gasten in grote drommen – te paard, in koetsen, in open rijtuigen en te voet. Al snel begon de grote binnenplaats zich te vullen met mannen en vrouwen die allemaal feestelijk gekleed waren. Oudere mannen met grijze baarden pronkten met de beste familiedolken en -zwaarden. Ze vormden een speciale groep onder het baldakijn, dat was gereserveerd voor de heren van het kasteel – in dit geval Taya en mijzelf – die zouden fungeren als juryleden, waarbij mijn oordeel de doorslag zou geven. Tegen de middag begonnen de jiritoba-teams uit de dorpen, allemaal met hun eigen banier, te arriveren op steigerende paarden. De teams zagen er scherp op toe dat ze strikt gescheiden bleven van elkaar. Terwijl ze de binnenplaats op reden begroette de menigte hen enthousiast, om het schitterende schouwspel compleet te maken. De mannen, knap en fit, droegen hun mooiste traditionele kleding, en stuk voor stuk zagen ze eruit als het toonbeeld van mannelijkheid. Het puikje van de jonge mannen uit de dorpen had zich van top tot teen getrans-formeerd in jonge ridders. Nu arriveerden ze op het kasteel voor hun jiritobadag.

Voor het eerst sinds mijn terugkeer in Georgië moest ik het traditionele kostuum van mijn volk dragen, compleet met het oude 'zwaard van de d'Iberio's'. Het kostuum was verzorgd door Maradze en ook al vond ik de gedachte om het te moeten dragen in eerste instantie gênant, toch kreeg ik het gevoel dat ik het al mijn hele leven had gedragen zodra ik het aanhad. Taya's ogen werden groot toen ze mij erin zag, en mademoiselle Agathe hapte naar adem.

Uiteindelijk namen Taya en ik plaats onder het paarse baldakijn. Dat moment ging vergezeld van een luid geroep van welkomstkreten. Toen werden de oudste mannen één voor één aan mij voorgesteld door Maradze – die eveneens een schitterend traditioneel kostuum droeg. Het toernooi begon met ruiters die als individuele orkanen langs onze zit-plaatsen stormden. Elke man probeerde de anderen te over-treffen in, naar het leek, roekeloze uitbundigheid. Zwaarden glinsterden en flitsten als bliksemschichten boven hoofden, terwijl de ruiters in volle galop recht op ons af kwamen gestoven. Pas als het onvermijdelijk leek dat ze in onze groep zouden vliegen, bogen ze op het laatste moment af en reden dan triomfantelijk weg.

Toen begon het jiritobatoernooi serieus. Het leek alsof alle pracht en praal van het middeleeuwse Georgië plotseling herleefde in het heden. We waren getuige van schijngevechten en paardenrennen tussen individuele ruiters, hele troepen mannen die elkaar aanvielen, zwaarden die rinkelden en hoeven die kletterden. Hoe ze erin slaagden om elkaar niet te verwonden te midden van alle geweld en chaos, bleef een compleet mysterie. De ruiters probeerden elkaar in volle galop en met lange houten lansen uit het zadel te wippen. Bij de angstaanjagende stoten vlogen sommige ongelukkigen letterlijk de lucht in, maar op wonderbaarlijke wijze slaagden ze er altijd weer in om goed terecht te komen en onbeschadigd weg te lopen – op hun gekwetste trots na dan, misschien. Ze mochten allemaal opnieuw opstijgen en proberen revanche te nemen in de volgende ronde. De enige beloning voor de winnaars was het applaus van het publiek, en vooral van Taya, die bij elke gedurfde actie geestdriftig applaudisseerde. Hiervoor leken de mannen bereid alles te doen, en zelfs hun leven op het spel te zetten.

Langzaam begonnen de helden van de jiritoba naar voren te komen uit de individuele deelnemers – geselecteerd uit de terugkerende winnaars en diegenen die opvielen tijdens de spelen. Een van hen was de jonge man die mademoiselle Agathe zo aan het schrikken had gemaakt toen hij haar tas had gegrepen op het station. Nu begroette de opgewonden gouvernante hem als een oude kennis en elke keer als hij langs onze tribune kwam, glimlachte ze. De jonge man beantwoordde dat met brandende blikken. Hij was zich er duidelijk bewust van dat hij werd gadegeslagen door deze dame, en hij streed daardoor nog krijgshaftiger om te bewijzen dat hij haar aandacht waard was.

'Wie is dat?' vroeg Taya aan Maradze.

'Dat is Tarash Rania; hij komt uit een bergdorp,' legde Maradze uit, duidelijk nogal bezorgd over het gedrag van mademoiselle Agathe.

'Hij is een fantastische ruiter,' zei Taya.

'Ja,' antwoordde Maradze schoorvoetend, 'een van de besten die ooit een paard hebben bereden.'

Maar het hoogtepunt van de dag voor mij waren de prestaties van Erast, die het geweldig deed voor onze kasteelploeg. Eenmaal in het zadel leek hij een totaal ander mens – sierlijk, snel, roekeloos en slim; moeilijk te geloven dat dit dezelfde trage en koppige Erast was die mij dwarszat met zijn volhardende trouw. Taya beloonde hem met haar speciale aandacht, waardoor hij glom van trots.

Al snel waren de groepswedstrijden afgelopen, waarbij het bergdorp van Tarash Rania tot winnaar werd uitgeroepen door de oudere mannen. Onze eigen kasteelploeg eindigde als tweede, tot grote teleurstelling van Erast.

Hierna kwamen de demonstraties van individuele ruiterkunst. De jonge mannen waagden zich aan levensgevaarlijke staaltjes paardrijkunst, aangemoedigd door hartstochtelijk geschreeuw vanuit de menigte. Ze stormden erop los als waanzinnigen, tolden rond in hun zadel als derwisjen, wierpen lansen hoog in de lucht en vingen die dan op, vuurden geweren af, en zwaaiden gevaarlijk nonchalant met hun zwaarden. Sommige jonge vrouwen in de menigte lieten hun zakdoekje op de grond vallen. De mannen, die met razende vaart galoppeerden, pakten die op met hun hand, alsof de kleine stukjes linnen in werkelijkheid kostbaarheden waren. Ook Taya liet haar zakdoekje vallen en veroorzaakte daarmee zo'n doldriest gevecht dat ik er zeker van was dat er gewonden zouden vallen. Gelukkig gebeurde dat niet, en uiteindelijk was het onze eigen Erast die opdook met het zakdoekje triomfantelijk boven zijn hoofd. Hij steeg af, liep naar Taya toe, gaf haar het zakdoekje terug en volgens de traditie knielde hij vervolgens om eerbiedig de zoom van haar jurk te kussen. Een roerende scène, en ik zag tranen in Taya's ogen toen ze het zakdoekje teruggaf aan Erast als een beloning voor zijn hoffelijkheid.

Dit maakte grote indruk op mademoiselle Agathe, die ogenblikkelijk haar eigen zakdoekje recht voor Tarash Rania wierp, die het zonder enige moeite of concurrentie opraapte. Tot haar grote teleurstelling gaf hij het alleen niet terug aan haar, maar kuste het, stak het in zijn zilveren gordel en reed er snel mee weg. Een beetje nors legde Maradze uit dat ze een ernstige misstap had begaan door haar zakdoekje aan een individuele rijder toe te werpen. Nu was Tarash gerechtigd om dat te beschouwen als een teken van haar speciale gunst. Mademoiselle Agathe was even in verlegenheid gebracht, maar deed het toen met een lach af.

Het toernooi was inmiddels afgelopen en het feest begon – een geweldig Georgisch banket met de gebruikelijke overdaad aan voedsel, vaten wijn en veel getoost. Deze ceremoniële feesten zitten diep geworteld in de traditie van ons volk en gaan terug tot in de nevelen der tijd. Zelfs nu nog kan geen enkele sociale gebeurtenis ze overtreffen in overvloed of uitbundigheid.

Toen de duisternis zich uitstrekte boven het kasteel ging

het feest verder bij het licht van enorme vreugdevuren die op de binnenplaats werden ontstoken. Zilveren bekers klonken, nieuwe vaten wijn werden constant omhoog gerold vanuit de kelder en hele lammeren werden aan ronddraaiende spitten geroosterd. Druipend vet siste boven de kolen en wolken witte rook stegen op boven de kuilen. Verbazingwekkend genoeg waren er, ondanks de enorme hoeveelheden wijn die werden gedronken, geen ruzies, harde woorden of andere onberekenbare daden van dronkenschap. In Georgië wordt het beschouwd als een schande als je irritant dronken wordt. Natuurlijk werden de stemmen luider, klonk het gelach harder, verliep het proosten enthousiaster, maar toch bleven de stemmen, het gelach en het proosten vriendelijk en gemoedelijk.

Na een poosje trokken Taya, Maradze en ik ons terug in de zitkamer. Terwijl we koffie zaten te drinken en spraken over de gebeurtenissen van die dag, werd onze aandacht plotseling getrokken door opgewonden luide stemmen beneden op de binnenplaats. Ik stuurde Erast erheen om op onderzoek uit te gaan. Hij kwam een paar minuten later terug, terwijl hij lachte van oor tot oor.

'Wat is er aan de hand?' vroeg ik.

'Niet veel bijzonders, meester,' antwoordde hij, de grijns nog steeds breed op zijn gezicht. 'Er werd een vrouw ontvoerd en die is nu meegenomen naar de heuvels.'

Ik ontspande. Dit was een charmant en oud gebruik onder de verliefde jeugd van onze dorpen. Een man 'ontvoerde' soms zijn geliefde op een ogenschijnlijk gewelddadige maar in feite van tevoren afgesproken manier en reed met haar weg, terwijl haar mannelijke familieleden meestal een geestdriftige maar vergeefse 'jacht' openden. De hele gebeurtenis eindigde dan in een huwelijksceremonie en dan was er weer een geweldig feest waarop iedereen aanwezig was die bij het drama betrokken was geweest.

Ik legde die gewoonte uit aan een geamuseerde Taya. We dronken nog meer koffie, totdat ik opmerkte dat Maradze zich minder amuseerde dan normaal.

'Erast,' wendde ik me tot onze Sancho Panza, 'ga eens aan de Franse dame vragen of ze erbij komt zitten. Ze is nog ergens buiten bij het feest.'

Er viel een lange stilte voordat Erast antwoordde. 'Nee, meester,' zei hij, 'ze is niet buiten.'

'Nee? Wat bedoel je?'

Erast grijnsde. 'Degene die ontvoerd is, dat is juist de Franse dame.'

'Wat!' riep Maradze uit terwijl hij overeind sprong.

'Ja,' legde Erast uit, nog steeds grijnzend. 'Tarash Rania heeft haar meegenomen op zijn paard en is de heuvels in gereden.'

Hoewel het een potentieel hachelijke situatie was, kon ik toch niet verhinderen dat er een glimlach om mijn mond verscheen. Taya daarentegen, die de woorden van Erast niet verstond, viel bijna flauw toen we uitlegden hoe die arme mademoiselle Agathe het onschuldige slachtoffer was geworden van deze plaatselijke gewoonte.

'Mijn hemel!' riep ze uit. 'Wat gaan ze met haar doen?'

'Niets, Taya,' probeerde ik haar gerust te stellen. 'Niemand hier zou ooit een vrouw iets aandoen... niet eens een kus zonder haar toestemming. Ze vindt het waarschijnlijk heel opwindend.'

Maar Maradze zag het somberder in. 'Ik kan er maar beter achteraan gaan,' verklaarde hij resoluut.

Hij beval Erast om zijn paard te brengen en selecteerde een paar ruiters.

Taya stond erop om ook mee te gaan. 'Die arme mademoiselle sterft nu waarschijnlijk al van angst. Ze verstaat geen woord Russisch of Georgisch!'

'Hoe ver is het naar het dorp?' vroeg ik.

'Ongeveer twee uur rijden, maar de wegen zijn slecht,' zei Maradze.

'Ik ga mee!' hield Taya vol.

Maradze en ik protesteerden, maar dat had geen zin. Taya wilde niet thuis blijven wachten. Ze vond het haar persoonlijke plicht om haar gouvernante te redden.

'Haal een paard voor de prinses,' beval Maradze uiteindelijk. We verlieten het kasteel zonder dat de feestvierders het in de gaten hadden en reden hard over de kronkelende bergpaden naar een klein dorp dat verscholen in de bergen lag. We troffen mademoiselle Agathe doodsbang maar ongedeerd aan. Tarash Rania had haar regelrecht naar zijn oude moeder gebracht, die nu het haar van mademoiselle streelde in een poging haar te troosten met geruststellende Georgische woorden – die natuurlijk abracadabra waren voor de arme gouvernante. Hoewel ze inmiddels bijna hysterisch was, kon je ergens in die hysterie toch een beetje trots bespeuren. Om te worden ontvoerd door een knappe bergstrijder... was dit geen gedenkwaardig avontuur voor een uit Passy afkomstige jonge vrouw?

Bij onze aankomst viel mademoiselle Agathe prompt flauw in de armen van Maradze. Ik legde toen aan Tarash en zijn verbijsterde moeder uit hoe de hele gebeurtenis een tragisch misverstand was.

'Dat dacht ik al,' zei de oude vrouw terwijl ze treurig

haar hoofd schudde. 'Ze huilde te veel voor een gelukkige bruid.'

We begonnen aan de terugweg naar het kasteel, voorafgegaan door een van de kasteelknechten, die een brandende fakkel droeg. Daarop volgde Maradze met mademoiselle Agathe in zijn armen – ze had er wijselijk voor gekozen om in zwijm te blijven liggen –, gevolgd door Taya, Erast en mijzelf. Een andere fakkeldrager sloot de rij. We hadden niet echt haast en reden met verschillende snelheden, totdat onze cavalerie zich uiteindelijk uitstrekte over een lengte van een paar honderd meter. Al snel was de toorts van de eerste ruiter nog nauwelijks zichtbaar, terwijl Taya en ik praatten en lachten over mademoiselle Agathes grote avontuur, evenals over haar duidelijke verliefdheid op Maradze. Geleidelijk raakten we zelfs nog meer achterop.

Toen we onze vallei naderden versmalde de weg zich tot een pad dat een steile berg doorsneed en hoog over een kolkende bergrivier liep. Terwijl we verder reden langs de verticale granieten muur, hoorden we plotseling een dof gebrul recht voor ons. Toen verdween de vlam van de voorste ruiter plotseling. We hielden onze paarden in en wachtten in het duister – en hoorden alleen een oorverdovende stilte. We lieten onze fakkeldrager naar voren komen en gingen toen voorzichtig door, totdat we bij een hoge berg verse aarde met grote keien kwamen die over het pad lag. Het leek erop dat een van de veelvuldige aardverschuivingen in de bergen had plaatsgevonden en nu ons pad volkomen blokkeerde.

We zaten in de val.

We stonden met onze kleine groep hoog op een richel en bespraken onze mogelijkheden. Erast steeg af en probeerde de berg aarde te beklimmen, maar die bleek te groot en gevaarlijk onstabiel. Diverse grote keien rolden prompt weg over de rand van de afgrond. Ik beval hem om terug te komen.

Toen hoorde ik een zwak stemgeluid vanaf de andere kant van de aardverschuiving en herkende dat als van Maradze. Hij had een krachtige stem, maar ik kon zijn woorden nauwelijks verstaan: 'Zijn... jullie... veilig?'

'Wij zijn veilig!' schreeuwde ik terug, maar mijn stem droeg niet ver. Erast nam het over. Hij boog zijn handen om zijn mond en herhaalde mijn boodschap zo doordringend dat het pijn deed in onze oren.

'Blijf daar!' kwam Maradzes antwoord. 'En kom niet in de buurt van die keien. Ik zal mannen van het kasteel hierheen laten komen om het pad vrij te maken. Ga intussen naar het klooster van Iliori en wacht daar.'

'Heel goed,' zei ik en Erast bracht mijn boodschap over met gebruikmaking van de volle kracht van zijn oersterke longen.

We overlegden snel met elkaar. Erast vertelde me dat het klooster van Iliori een klein, half verlaten klooster was op een kilometer of vijf vanaf ons pad. Er leefden nog een stuk of wat monniken te midden van de ruïnes waar ze een kluizenaarachtig bestaan leidden. Maar omdat het veruit de dichtstbijzijnde plek was met wat eten en beschutting, besloten we erheen te gaan. Erast nam nu het leiderschap van onze groep op zich en we reden in stilte verder.

Het kostte ons bijna een uur langs overgroeide geitenpaadjes voordat we eindelijk het klooster zagen – een groep donkere gebouwen, omgeven door een gedeeltelijk ingestorte stenen muur. De kleine ijzeren poort was stevig vergrendeld en ik rammelde er krachtig aan om de aandacht te trekken.

Uiteindelijk verscheen er een flikkerend licht binnen de omheining en een lange jonge man in een monnikspij, lantaarn in zijn hand, verscheen achter het hek. Hij hield zijn lantaarn hoog om onze gezichten beter te kunnen zien.

Ik legde uit dat we van het kasteel Samourzakani waren en tijdelijk onderdak nodig hadden.

'Vrouwen mogen niet binnen het hek komen,' zei de jonge monnik terwijl hij naar Taya keek. 'Wacht alstublieft hier. Ik ga met broeder Shalva praten.'

Hij verdween en keerde even later terug met broeder Shalva. Hij stond achter het hek, lang, ascetisch en heel oud, zijn dunne witte baard licht opwaaiend in de wind. Opnieuw vertelde ik mijn verhaal. De oude kluizenaar zweeg even terwijl hij leunde op zijn stok en over zijn baard streek. Toen plooide zijn mond zich in een glimlach en zijn strenge gezicht kreeg plotseling een vriendelijke uitdrukking.

'Doe de poort open, mijn zoon,' zei hij tegen de jonge monnik. 'Het huis van God is toegankelijk voor ieder die de beschutting ervan nodig heeft.'

De grendel kraakte en we liepen naar binnen. Broeder Shalva leidde Taya en mij naar een klein gebouw dat de voormalige refter van het klooster moest zijn geweest. Intussen ontfermde de jonge monnik zich over Erast en onze fakkeldrager. Broeder Shalva zette zijn lantaarn op de zware eiken tafel, waardoor een aantal schitterende mozaïeken werden onthuld, verspreid over de muren en het gewelfde plafond. Vele waren gebarsten en kapot, maar het globale effect was dat van een ooit schitterende ruimte.

'Wat een prachtig werk,' zei ik rustig. 'Wie heeft het gemaakt?'

Broeder Shalva streek over zijn baard en keek kalm naar de mozaïeken. 'Die werden ooit gemaakt door Syrische broeders in de vijfde eeuw, en gerestaureerd door koningin Tamar tijdens haar bezoek aan Samourzakani.'

Ik vertaalde de woorden van de monnik voor Taya. Zodra hij begreep dat ze geen Georgisch sprak, ging hij verder in perfect Russisch.

'De koningin kwam hier voor de eerste keer om getuige te zijn van het huwelijk van de Byzantijnse prinses Anna met prins George d'Iberio. Het beviel haar hier en ze bezocht het nog diverse malen tijdens haar regering.'

De jonge monnik kwam binnen met een aardewerken kan geitenmelk en diverse platte broden. Hoewel we geen honger hadden, smaakte de koude melk goed.

'Het spijt ons dat we u zo veel last bezorgen, eerwaarde,' zei ik. 'We begrijpen dat u een regel voor ons hebt overtreden...'

'Ja, dat klopt,' antwoordde broeder Shalva simpel. Toen keerde zijn glimlach terug. 'Maar dat was een regel van mensen, niet van God.' Hij gaf Taya een lange, onderzoekende blik alsof hij haar gezicht minutieus bestudeerde. 'Heet je Taya, mijn dochter?'

'Ja, eerwaarde,' zei Taya.

'Taya... Taya... een ongewone en mooie naam. Dan denk ik dat ik iets voor je heb, Taya.'

Hij hield de kleine gouden icoon omhoog die Taya had neergelegd in het heiligdom bij de oversteekplaats van de rivier, en bekeek de achterkant ervan.

'De inscriptie luidt: voor taya, van moeder. Een vrome

man heeft me dit gebracht. Je moet het houden ter wille van je moeder. Het is een teken van haar grote geloof en het is bedoeld voor jou.'

Broeder Shalva sprak met zo'n duidelijkheid en eenvoud dat Taya sprakeloos leek. Zwijgend nam ze het medaillon aan en deed het weer om haar hals. Toen stond de monnik op en leunde op zijn staf.

'Willen jullie met me mee naar buiten gaan om te genieten van de nacht?' vroeg hij zacht. 'Helaas hebben we hier geen accommodatie voor dames, maar God in zijn wijsheid heeft de hele mensheid de pracht van zijn hemel toebedeeld. De lucht is warm vanavond, en de maan komt boven de bergen uit.'

We bedankten hem en stapten de nacht in, die inderdaad betoverend was. Niet ver bij ons vandaan klonk het geluid van een beekje dat over het terrein van de monniken liep, en daarboven zong een eenzame nachtegaal, die zo zijn betovering toevoegde aan de slapende wereld.

'Hier,' zei broeder Shalva, terwijl we een grote platte steen naast het beekje naderden. 'Ga daar maar zitten. We zijn hier niet op het terrein van het klooster, dus niemand kan ons verwijten dat we regels overtreden.' Hij ging zitten en we volgden zijn voorbeeld. 'Koningin Tamar zat hier graag alleen in het donker om haar liefde te overdenken; een liefde die zo groot was dat ze het gevoel had dat die nooit kon sterven.'

Taya en ik wachtten zwijgend tot broeder Shalva verder zou gaan. Ik kan oprecht zeggen dat we ons nooit eerder zo nauw met elkaar verbonden voelden, en onze liefde was nog nooit zo groot. De aanwezigheid van deze heilige man had als effect dat onze innige verbondenheid nog groter werd en op een hoger plan kwam; we werden zo dicht naar elkaar toe getrokken dat we bijna één persoon leken.

'Wees niet bang voor je liefde,' zei broeder Shalva na een korte pauze. 'Liefde, net als al het andere dat door God is geschapen, is zuiver en onvergankelijk. De dood bestaat alleen in de gedachten van de mens, en alles wat hij aanraakt gaat dood alleen omdat hij per se alles wil meten aan de hand van zijn eigen vergankelijke maatstelsel. Maar er zijn tijden waarin Gods kracht door een dergelijk maatstelsel heen breekt. Dan valt de tijd weg en zwaaien de deuren van de eeuwigheid open, zoals gebeurde met koningin Tamar en de man van wie ze hield.'

Hij pauzeerde even.

'De liefde tussen de grote koningin en de nederige dichter was onmogelijk, en er kwam een moment waarop ze wisten dat ze geen ander alternatief hadden dan voorgoed uiteen te gaan. Pijn en wanhoop vervulden de harten van hen beiden. Toen op een nacht zat Roustavelli aan de voeten van zijn koningin hun ongelukkige situatie te overpeinzen, toen God aan Tamar wijsheid gaf die zelfs zij niet eerder had gekend en ze sprak Zijn woorden: "Wat betekent onze liefde, Roustavelli, als we zo bang zijn die te verliezen? Als die inderdaad zo groot is als wij denken, hoe kan die dan ooit verdwijnen? Heb geen angst, mijn lief. Als onze liefde voor eeuwig zal blijven bestaan, dan zullen we die nooit verliezen. Als onze liefde verdwijnt, dan is die onze wanhoop niet waard geweest. Ga heen en hou van me zoals ik van jou hou en vat moed, want er bestaat geen dood voor iets wat is aangeraakt door God." Terwijl ze sprak werd de duisternis in hun harten plotseling verlicht. Toen ze uiteengingen, dachten de mensen dat hun liefde hopeloos was, maar ze wisten wel beter. Ze wisten dat ze iets verloren hadden, om het daarna voorgoed te bezitten.'

Ergens in de verte konden we het geluid van een menselijke stem horen. Het leek erop dat onze fakkeldrager mee was gaan zingen met de nachtegaal.

'Sinds die dagen zijn er ontelbare mensen geboren,' vervolgde broeder Shalva. 'Ontelbare mannen hebben sindsdien ervaren wat zij dachten dat liefde was, en ontelbare mannen dachten ook dat die liefde was verdwenen. Maar de liefde van Tamar en Roustavelli leeft voort tot op de dag van vandaag, gekoesterd in de harten van hun volk. Ze leeft voort in hutten en paleizen, in bergen en valleien, in liederen en gebeden, in hoop en wanhoop, oneindig, mateloos, tijdloos.'

Broeder Shalva zweeg toen. Noch Taya noch ik had er woorden aan toe te voegen. Het enige geluid dat we nog hoorden was het lied van de fakkeldrager. Hoewel ik geen woorden kon onderscheiden, herkende ik de melodie als die van een volksballade, gecomponeerd op de verzen van diezelfde grote dichter.

Broeder Shalva stond op en leunde zwaar op zijn staf. Wij stonden eveneens op. Zonder een woord te zeggen bogen we onze hoofden en de oude man zegende ons in stilte. 'De weg is weer vrij,' zei hij simpel. 'Als jullie willen, kunnen jullie je weg vervolgen. Moge God jullie zijn wijsheid geven om altijd te leven en lief te hebben, tot aan zijn grote onsterfelijkheid.'

We reden in stilte terug. Zelfs Erast en de fakkeldrager leken onze stemming aan te voelen en stoorden ons niet één keer met woorden. We arriveerden bij de aardverschuiving en zagen dat de grote keien al waren verwijderd. We passeerden het gevaarlijke stuk terwijl de werkers hun fakkels omhooghielden om ons bij te lichten.

Al snel verschenen de muren en wachttorens van het kasteel. Ze leken vreemd stil, ook al brandden de lichten in de bewoonde delen nog helder. Toen we de slotgracht naderden, hoorde ik de vertrouwde roep van de eerste wacht: 'Drie uur op een heldere morgen...'

Ik wachtte op het gebruikelijke einde van de roep '...en alles is goed', maar dat kwam niet. Ik hield mijn paard zo abrupt in dat het dier ging steigeren.

'Taya! Taya! Er is iets aan de hand.'

'Waarom?' vroeg ze verschrikt.

'Omdat... luister!'

'Drie uur op een heldere morgen...' klonk de roep vanaf een andere toren.

Taya was vertrouwd geraakt met de roep van de bewakers tijdens haar verblijf in het kasteel. 'Je hebt gelijk, Sjota. Alles is niet goed!'

Snel galoppeerden we over de ophaalbrug en nadat we door de poort naar binnen waren gereden, werden we begroet door een totaal onverwachte aanblik. De binnenplaats was nog steeds vol mensen, maar het was een totaal andere menigte dan die welke we achter hadden gelaten – een die nu volkomen nuchter, stil en bewegingloos was.

We hielden onze paarden in en ik zag Maradze naderen. Ik kon zijn gezicht niet zien, maar zijn voetstappen waren zwaar. Hij stopte en sprak haperend, met grote moeite.

'Een boodschapper... is net van het station gekomen. Prins Didi Platon... heeft ons verlaten...'

Hij kon niet verdergaan omdat zijn stem werd verstikt door tranen. Plotseling voelde ik het gewicht van de hele wereld op mijn hart vallen. Ik kon niet spreken, huilen of zelfs denken. Toen voelde ik Taya's hand op de mijne. En ik hoorde haar stem als niet meer dan een fluistering: 'De dood bestaat niet voor diegenen die zijn aangeraakt door God, Sjota. Ze verlaten de sterfelijke wereld – om voor eeuwig te leven.'

6

François

De exprestrein van Marseille naar Parijs ploegde door de laaghangende mist van een koude en sombere februarimorgen. We waren Melun al gepasseerd, de laatste grote stad voor Parijs, en naderden nu onze bestemming – het Gare de Lyon. Door de gaten die af en toe in de mist vielen, kon ik rijen kale, natte linden en wilgen zien. Velden zwarte aarde schoten langs mijn raam en verdwenen in de mist, terwijl onze locomotief wolken grijze rook uitbraakte. La Belle France zag er die morgen niet zo belle uit. Het gezicht van Erast, die op de bank tegenover mij in de trein zat, vertoonde een trieste uitdrukking. Hij voelde zich duidelijk niet in zijn element in dit vreemde land – een lange, slanke man die zijn eerste Europese kostuum droeg, compleet met celluloid boord en zwarte stropdas. De kleding maakte dat hij zich pijnlijk bewust was van zichzelf. Hij zat rustig rechtop, het toonbeeld van intense melancholie, en keek met half toegeknepen ogen naar de stroompjes regenwater die langs het raam omlaag liepen. Zijn gedachten waren ver weg in het zonovergoten Samourzakani. Hij kon duidelijk niet begrijpen welke krachten me hadden kunnen wegtrekken van het groene land van mijn geboorte en me naar dit onvriendelijke, koude en mistige land hadden gevoerd.

Er waren vijf maanden verstreken sinds die tragische nacht op het kasteel, toen de wachters op de torens me het nieuws van grootvaders dood hadden laten weten. Die maanden waren heel moeilijk voor me geweest. Ik werd geconfronteerd met een groot aantal vreemde en ingewikkelde formaliteiten, die allemaal mijn aandacht vroegen, maar alles leek zo ongerijmd tegen de achtergrond van mijn onpeilbaar verdriet.

Grootvader had deze wereld net zo eenvoudig en kordaat verlaten zoals hij alles in zijn leven had gedaan. Professor Quenzano had hem dood aangetroffen in zijn gemakkelijke stoel in de studeerkamer, met een open boek in zijn handen, een uitdrukking van sereniteit op zijn gezicht. Kennelijk had God hem geroepen met ontstellende onverwachtheid, maar toch leek grootvader klaar te zijn om aan zijn roep gehoor te geven. Hij stapte uit zijn fysieke gestalte zoals iemand uit een koets zou stappen aan het einde van een lange reis. Hij had genoten van de rit en waardeerde nu het vooruitzicht van rust, van een echte christelijke thuiskomst na het vervullen van zijn aardse taken.

Grootvaders lichaam werd naar Samourzakani overgebracht om daar te worden begraven, en de hele bevolking van de streek was gekomen om afscheid te nemen van de meest geliefde man die ze ooit hadden gekend. Iedere man in de menigte droeg een zwarte hoes over zijn dolk en patroonhulzen. Iedere vrouw toonde dat ze diep in rouw was. Pas toen realiseerde ik me ten volle dat grootvaders leven verre van nutteloos was geweest, en hoe hij voor al die door verdriet overmande, zwijgende mensen niet echt was gestorven.

Vooral een delegatie uit Khevsuretië, een afgelegen berg-provincie in Georgië, maakte grote indruk op me. Blauw-ogige, knappe, zwijgzame reuzen in de traditionele kleding van hun voorvaderen, die kruisvaarders waren geweest: maliënkolder met het kruis op borst en rug en een ijzeren helm met een laag vizier in de hand. Ze kwamen de kerk binnen als een zwijgende groep, stonden een paar lange mi-nuten voor de lijkbaar, legden toen een lang, recht kruis-vaarderszwaard met een kruisvormig handvat op de kist en vertrokken zonder dat ze een woord hadden gezegd. Ik heb hun namen nooit gehoord en evenmin iets over hun ge-schiedenis vernomen, en ook niet wat hun relatie met groot-vader was. Ze zagen eruit en gedroegen zich als geesten uit het verleden die de weg kwijt waren en ontdekten dat ze kort te midden van de levenden terecht waren gekomen.

Er waren twee mensen die me gedurende deze zware tijd steunden en de moed gaven om wat er nog over was van mijn leven tegemoet te treden. De een was Taya, de gewel-dige Taya die zich tactvol en vol begrip gedroeg, waardoor ze me nooit in de weg zat. Toch voelde ik me geen moment alleen. De andere was Erast. Hij bleek niet alleen een vol-maakte bediende te zijn, maar was ook een toegewijd vriend. Op de een of andere manier had ik het gevoel alsof hij dat deel van grootvaders leven was dat nog in mij leefde. Hij irriteerde me niet langer en zat me ook niet meer dwars. In plaats daarvan was ik afhankelijk geworden van zijn altijd trouwe aanwezigheid. Ik vond het echt een troost toen hij na de begrafenis bij onze terugkeer naar het kasteel zei: 'Ik zal altijd bij u blijven, prins Sjota... waar u ook gaat.'

'Misschien ga ik wel weg om nooit meer terug te komen, Erast,' zei ik.

'Dan ga ik met u mee.'

'Maar je moet ook je eigen leven leiden,' protesteerde ik halfhartig. 'Wil je niet trouwen en in Samourzakani gaan wonen? Ik zal je zoveel mogelijk helpen.'

'Nee,' zei hij. 'Ik heb prins Didi Platon beloofd om voor u te zorgen. Ik zal mijn belofte nakomen tot de dood ons scheidt.'

Ik omarmde hem en vanaf dat moment werd Erast een onlosmakelijk deel van mijn leven.

Taya verliet Tiflis kort hierna, omdat ze terug moest naar school. Ons afscheid was droevig maar niet dramatisch. We hadden samen besloten dat, zodra ik mijn zaken op orde had, ik naar Parijs zou komen om me bij haar te voegen. Intussen zouden we elkaar dagelijks schrijven. Ik had er toen nog geen idee van hoe lang de verantwoordelijkheden van een groot landgoed je kunnen ophouden. Het lijkt er vaak op dat rijkdom nog meer dan armoede het vermogen heeft om mensen te knechten.

Meteen na Taya's vertrek stortte ik me op het werk. Talloze officiële documenten moesten er worden bestudeerd, net zoals er ontelbare beslissingen moesten worden genomen. Ik had geen ervaring met dit soort zaken en als Maradze er niet was geweest, had ik me nooit onder die vreselijke stapel papieren uit weten te werken. Maradzes geduld was eindeloos. Hij bracht vele uren door met te proberen me dingen uit te leggen die in zijn ogen kinderlijk eenvoudig moesten hebben geleken. Meer dan eens had ik de behoefte om alles naar hem toe te schuiven en weg te lopen. Maar telkens opnieuw realiseerde ik me hoe het lot van veel mensen ervan afhing dat ik alles goed doornam. Letterlijk honderden gezinnen waren afhankelijk geweest van grootvaders edelmoedigheid voor volledige of gedeeltelijke steun. Ik was vastberaden om ervoor te zorgen dat deze steun niet zou ophouden of zou worden onderbroken.

Maar ten slotte had ik het laatste document ondertekend en was ik vrij. Nog diezelfde avond nam ik de trein naar Batoem, en toen de eerste boot naar Marseille. Maradze ging mee naar Batoem om me uit te zwaaien en toen ik zijn hand schudde, dacht ik dat ik een lichte mist in zijn ogen zag.

Maar ik hoefde niet bang te zijn. Samourzakani en de mensen daar waren in goede en eerlijke handen.

'Toet... toet... toet!'

Nu reden we door de voorsteden van Parijs met al zijn fabrieken, barakken, opslagplaatsen, smalle straten, armoedige stenen huizen en skeletachtige bomen die zwart van het roet waren. De mist was opgetrokken, maar nu was een fijne motregen mijn zicht gaan belemmeren. Eindelijk begon de trein vaart te minderen terwijl die langs eindeloze rijen natte goederenwagons reed en de plaatsen waar die aan elkaar werden gekoppeld, intussen luid toeterend. Toen was het tijd om onze bagage uit het rek te halen, wat ik deed met behulp van Erast. Plotseling werd het donker in het compartiment terwijl de trein onder de overkapping van het Gare de Lyon reed. Met een schok stopte de trein.

We waren aangekomen in Parijs.

Daarop volgden het geluid van haastige voetstappen in de gang, opgewonden stemmen, flarden van gelach. Er klopte iemand op de deur en een rond, rood gezicht met een walrussnor tuurde naar binnen.

'Kruier, monsieur?'

Zonder op antwoord te wachten kwamen twee potige kerels het compartiment binnen en tot grote schrik van

Erast begonnen ze zonder plichtplegingen onze bagage te verzamelen. Erast rukte mijn grote koffer uit de handen van een van de mannen.

'Nee!' riep hij boos in het Georgisch. 'Heb niet het lef om met je smerige handen aan de spullen van de prins te komen, stelletje dieven!'

Zonder mijn snelle tussenkomst had de situatie gemakkelijk uit de hand kunnen lopen. Maar zelfs na al mijn uitleg en dringende verzoeken bleef Erast botweg weigeren om de mannen te laten gaan. Uiteindelijk vertrokken ze met zijn drieën, Erast tussen de twee kruiers in. Hij hield hen stevig beet, vastbesloten om mijn bezittingen tot de laatste snik te verdedigen.

Het was erg vol op het perron; niet alleen door de mensen die net waren aangekomen maar ook door degenen die hen kwamen afhalen. Overal om me heen zag ik omhelzingen en uitroepen van blijdschap. Kinderen sprongen op en neer van opwinding. Kruiers beladen met tassen, koffers en hutkoffers werkten zich ruw door de menigte, terwijl bagagekarren over het perron ratelden. Hotelvertegenwoordigers verkondigden luidkeels de superioriteit van hun kamers. Met vet besmeurde mannen in blauwe overalls, oliekan in de hand, kropen onder treinstellen, waar ze hamerden op remblokken en wielen. Zwierige politieagenten in zwarte capes – die er daardoor meer uitzagen als schurken in een melodrama – deden hun best om het gezag te handhaven in een uitermate wanordelijke situatie. Ik kon zien dat Erast, die nog altijd mijn kruiers in zijn greep had, steeds paniekerig werd door de chaos.

En toen zag ik Taya.

Ze stond naast een van de stalen steunpilaren van het station; een lange en mooie jonge vrouw in een simpele zwarte jas, rok en hoedje. Met haar ogen speurde ze de menigte mensen af. Even hield mijn hart op met slaan, toen begon het wild te bonken. Het sombere station veranderde plotseling in een feestpaleis, en de chaos werd een soort vreugdedans. Of ik was vergeten hoe mooi ze was, óf ze zag er simpelweg nog stralender uit sinds ons afscheid in Tiflis. In ieder geval was ik niet voorbereid op de schok haar weer te zien en ik ontdekte dat ik sprakeloos was. Opnieuw, net als in Tiflis, schoot een instinctieve en verlammende angst door me heen als een bliksemschicht. Wat als ik haar kwijt zou raken; wat als ze zou verdwijnen; wat als zij of ik dood zou gaan en we zouden worden gescheiden?

'Taya, Taya, mijn enige Taya!' wilde ik zo hard ik kon roepen, maar in plaats daarvan zei ik helemaal niets, en stond daar alleen maar naar haar te kijken, bang te geloven in mijn geluk of mijn eigen blijdschap.

Uiteindelijk ontdekte Taya mij, maar zij bleef ook doodstil staan zonder iets te zeggen. Maar er verscheen wel een vage glimlach bij haar mond en haar ogen leken even te glanzen.

Ik voelde een overweldigend verlangen om op haar af te rennen en mijn armen om haar heen te slaan, en had de indruk dat zij hetzelfde voelde. Maar in plaats daarvan stonden we tegenover elkaar zonder ons te bewegen of iets te zeggen. Uiteindelijk gaf ze me haar hand, die in grijs kalfsleer was gehuld. Ik nam die voorzichtig aan, alsof ik een kostbaar juweel vastpakte, en toen begonnen we in de richting van de uitgang te lopen. Erast en de kruiers sjokten achter ons aan. In Tiflis, en daarna in de trein en op de boot, had ik in mijn hoofd de vele dingen geoefend die ik Taya wilde zeggen zodra ik haar zou zien. Dat waren in feite zo veel dingen dat een leven er nauwelijks toereikend voor zou zijn geweest. Maar op dat moment, met Taya's fijn gevormde hand in de mijne, kon ik nauwelijks een woord uitbrengen, al had ik er mijn leven mee kunnen redden.

Het was een vreemd verschijnsel. Niet daadwerkelijke sprakeloosheid; ik kon gewoon met anderen praten, ik huurde zelfs twee rijtuigen – een voor Taya en mijzelf, en de andere voor Erast en onze bagage. Zonder enige moeite gaf ik de koetsiers het adres van het appartement op dat monsieur Renault, grootvaders vertegenwoordiger in Parijs, voor me had gehuurd. Ik betaalde de kruiers en stuurde ze weg. Ik sprak met Erast, maar ontdekte dat ik tegen Taya nog steeds geen woord kon uitbrengen, ook al pijnigde ik mijn hersenen om een gespreksonderwerp te kunnen vinden. Er zijn simpelweg geen woorden om uit te drukken wat wij op dat moment voelden. Ik hielp Taya in het rijtuig en we vertrokken.

Die morgen had Parijs een van zijn buien – en die was allesbehalve vrolijk. De regen was opgehouden, maar de kale kastanjebomen rilden in de kille wind en de natte kinderkopjes klakten in protest onder de hoeven van onze paarden. Taya zat naast me en haar arm raakte die van mij aan. Maar ze hield haar gezicht afgewend en keek uit het raam.

Op deze manier reden we enige tijd voort.

'Kijk...!' riep ze plotseling uit. Dit was de eerste keer sinds vele maanden dat ik haar stem weer hoorde. 'Een stukje blauwe hemel, kijk, daar!'

Het was waar, een microscopisch stukje blauwe lucht was ergens achter schoorstenen in de verte verschenen. Maar dit feit was plotseling niet belangrijk meer voor Taya en mij. Haar woorden hadden eindelijk de betovering verbroken. Plotseling wendde ze zich tot mij, onze blikken ontmoetten elkaar en we lachten spontaan. Toen begonnen we te praten, waarbij we nauwelijks luisterden naar de woorden of ze zelfs maar begrepen. We waren alleen maar dolgelukkig om de klank van onze eigen stemmen weer samen te horen. Nu waren we eindelijk terug, verenigd in onze oude intimiteit en onze jeugd.

'Taya, hier ben ik!'

'Dat weet ik.'

'Je begrijpt het niet. Ik ben hier gekomen om te blijven.'

'Dat weet ik.'

'Ik verlaat je nooit meer zolang ik leef.'

'Dat weet ik.'

'Taya... hoe ben je vandaag uit school ontsnapt?'

'Ik liep gewoon weg.'

'Maar Taya... dan kom je in de problemen!'

'Ja. Mademoiselle Nocq zal woedend zijn. Ik geloof niet dat ze ooit jong is geweest.'

Ze lachte, ik lachte en heel Parijs lachte uiteindelijk met ons mee. De zon brak even door en overstroomde de koude straten met een laag bladgoud. Wat was het heerlijk om weer in Parijs te zijn, vol leven en verliefd. Het was zo geweldig om in Taya's lachende ogen te kijken en te weten dat die ogen daar zouden zijn tot het einde der tijden.

'Hoe gaat het in Tiflis?'

'Er is geen Tiflis zonder jou.'

'Gekkie! Hoe gaat het met Maradze?'

'Goed. Hoe gaat het met mademoiselle Agathe?'

'Weet je dat dan niet?'

'Wat moet ik weten?'

'Ze is onderweg naar Georgië om op dit moment met hem te trouwen.'

'Nee!'

'Ja. Je moet haar ergens op de Middellandse Zee gepasseerd zijn.'

'Niet te geloven. Maradze heeft er met geen woord over gerept.'

'Dat kon hij ook niet omdat hij het niet weet. Dit is mademoiselle Agathes idee van een grote verrassing. Je had haar uitzet moeten zien: negen hutkoffers, allemaal zo groot als het operagebouw!'

We lachten en opnieuw lachte de hele wereld met ons mee.

Het appartement dat monsieur Renault voor me had geregeld, bleek aantrekkelijk te zijn; een grote woonkamer beneden, gezellig, zij het een beetje opzichtig gemeubileerd met imitatie Louis xiv-meubels, met boven twee slaapkamers die uitkeken op een binnenplaats. Het was een zeer leefbare woonruimte, en bij onze aankomst troffen we alles gereed voor bewoning aan. Er knapperde een vuur in de open haard en de gordijnen waren geopend. De oude conciërge was op de hoogte van mijn komst en had erg haar best gedaan om de kamers in orde te maken. Ze verklaarde dat monsieur Renault naar Toulouse was voor zaken, maar bij me langs zou komen zodra hij weer in de stad was. In mijn geest dankte ik het lot voor zaken die maakten dat mensen naar Toulouse moesten. Ik was niet in de stemming om monsieur Renault die morgen te ontvangen, of de zaken rondom de bezittingen van mijn grootvader in Frankrijk te bespreken. Ik wilde deze dag alleen voor mijzelf en Taya.

Erast bracht onze bagage naar boven en begon alles uit

te pakken. Hij controleerde zorgvuldig elk ding voordat hij het eruit haalde. Hoewel hij de hele reis vanuit Batoem over mijn bagage had gewaakt als een havik, wilde hij zich er per se van vergewissen dat al mijn bezittingen er nog waren – en niets ter wereld kon hem daarvan weerhouden.

Intussen zaten Taya en ik beneden voor het vuur, waar we naar de dansende vlammen keken. De nerveuze spanning van onze ontmoeting was verdwenen en een ongelofelijke vrede was ervoor in de plaats gekomen. We waren tevreden om daar simpelweg samen te zitten en thee te drinken in een gelukzalige toestand. Ik pakte Taya's hand en streelde elke lange gevoelige vinger alsof het een zeldzame schat was – wat ook zo was. Toen stak ik een hand in mijn vestzakje en haalde er een antieke gouden ring uit. Voorzichtig schoof ik die aan haar ringvinger. Taya keek naar de ring, draaide hem rond met haar duim. Hij paste perfect.

'Hoe kom je daaraan?' vroeg ze.

'Hij was van mijn grootmoeder,' antwoordde ik. 'Hij werd voor haar gemaakt door een goudsmid op Samourzakani voordat zij en grootvader gingen trouwen. Nu is hij van jou, Taya.'

'Dankjewel,' zei ze zacht, nog steeds kijkend naar de ring, die ze rond haar vinger draaide. 'Hij is schitterend. Ik zal hem altijd dragen – buiten school natuurlijk. We mogen geen ringen dragen in de klas.'

'Wanneer ben je klaar met je school?' vroeg ik.

'In mei, dat wil zeggen, als ik niet zak voor meetkunde.'

'Dan kunnen we in juni trouwen.'

'Ja,' zei ze nadenkend, en ze voegde er toen zonder een spoor van verlegenheid aan toe: 'Begin juni zou perfect zijn. Ik heb gedacht dat we misschien naar Lausanne zouden kunnen gaan om in moeders kamer te trouwen. Ik weet niet of dat mogelijk is... volgens de regels van de kerk, maar ik weet dat het haar erg gelukkig zou maken.'

'Hoe gaat het met haar?' vroeg ik.

Taya antwoordde niet, maar er gleed een schaduw over haar gezicht. Het speet me onmiddellijk dat ik het had gevraagd.

'Weet ze het... van jou en mij?' vroeg ik om van onderwerp te veranderen.

'Nee,' zei Taya.

'NEE? Je hebt haar niet verteld dat je gaat trouwen, Taya?'

Taya keek me aan en twee ondeugende lichtjes twinkelden in haar ogen.

'Hoe zou dat kunnen, als je me niet eens ten huwelijk hebt gevraagd?'

'Taya!'

'Je hebt me zelfs nooit verteld dat je me graag mag, Sjota.'

'Ik hou van je!'

'Dat is dan de eerste keer dat ik je dat hoor zeggen.'

Dat was waar. Nooit eerder had een van ons het gezegd; het leek zo nietig in verhouding tot onze gevoelens. Nu ik het eindelijk had uitgesproken, klonk het zo zwak en banaal dat ik me bijna schaamde. Ik pakte Taya's hand en kuste die een paar keer met grote tederheid.

'Ik zal moeder vanavond schrijven,' zei ze zonder te proberen haar hand terug te trekken. 'Ik zal alles uitleggen en haar zegen vragen. Ze zal heel blij zijn.'

'Ik hoop dat ze me zal mogen,' zei ik.

'Dat weet ik zeker.'

Even knetterde het vuur zacht en vrolijk voor onze voeten. Toen sprak Taya opnieuw.

'Waarom zijn wij zo gelukkig, Sjota? Waarom van alle mensen op de wereld heeft God ons uitverkoren voor zo'n geluk? Wij zijn niet beter dan anderen; er zijn mensen die vriendelijker en wijzer zijn dan wij, en die het waarschijnlijk meer verdienen... Waarom hebben wij dan zoveel gekregen? Soms beangstigt het me. Soms ben ik bang dat ik de volgende morgen wakker zal worden om te ontdekken dat het alleen maar een mooie, waanzinnige droom is geweest.'

'Dit is geen droom,' zei ik.

'Ongelooflijk geluk dan?'

'Nee,' zei ik. 'Dit is geen geluk. Wat ons is overkomen was onvermijdelijk, omdat we in wezen één persoon zijn en onze zielen één ziel zijn. We zijn nooit uit elkaar geweest. Zelfs voordat we elkaar zagen was ik jou en was jij mij. We zijn één ziel, één geest, één hart. Niets had ons uit elkaar kunnen houden, net zomin als iets ons ooit nog zal kunnen scheiden. Niemand kan zo'n eenheid scheppen als die er al niet was, en niemand kan die verbreken als die er eenmaal is. We hebben helemaal niets om bang voor te zijn, Taya.'

'Eén ziel, ja...' zei ze nadenkend. 'Dat is waar. Ik voel dat al sinds de dag dat we elkaar hebben leren kennen in de tuin van tante Manya... Weet je dat ik alles kon voelen wat jij voelde, en al jouw gedachten leek te kennen?'

'Natuurlijk. Herinner je je niet die geweldige gesprekken die we hadden terwijl we zwijgend door het park reden?'

'Het is heel wonderlijk,' zei ze een beetje nerveus, terwijl ze overeind kwam en met haar vingers door haar zijdeachtige haar ging. 'Ik heb honger, Sjota. Denk je niet dat we naar buiten moeten gaan om onze verloving te vieren? Ik zou een moord doen voor een brioche.'

'Een brioche is het dat zeker waard,' zei ik, omdat ik haar plotselinge stemmingswisseling begreep. 'Waar zullen we heen gaan?'

'Dus is nu juist het probleem. Er zijn maar vijfhonderd plekken in Parijs waar ze op dit uur brioches verkopen.'

'Geweldig,' zei ik. 'Ik ben zo klaar.'

Ik rende met drie treden tegelijk de trap op, en liep Erast bijna ondersteboven. Terwijl ik me aan het opknappen was met behulp van mijn bediende – die klaagde dat er een zakdoek was gestolen van de bodem van mijn bruine koffer – hoorde ik pianomuziek die omhoog zweefde vanuit de zitkamer. Taya speelde iets wat ik nooit eerder had gehoord – simpel, droevig en smachtend, met een onmiskenbare zigeunerklank. De melodie fascineerde me, leek me te betoveren.

'Wat is dat?' riep ik vanaf de bovenkant van de trap.

De muziek hield op. 'Wat is wat?' riep ze terug.

'Die melodie?'

'O... een oud liefdesliedje dat moeder vroeger neuriede toen ik klein was. Om de een of andere reden heb ik het nooit kunnen vergeten. Ben je klaar?'

'Bijna. Hoe heet het?'

'Dat weet ik niet. Schiet op, ik begin eenzaam te worden hierbeneden.'

'Ik kom eraan...'

De zon scheen vrolijk toen we het huis verlieten. Een frisse wind had de grijze morgenwolken van de hemel verdreven, die nu blauw en turkoois sprankelde. Geen enkele stad kan zo snel van stemming veranderen als Parijs, en geen enkele bevolkingsgroep kan die wisselende stemming zo snel oppikken als de Parijzenaars. Ze waren tijdelijk verdreven van de straat door de regen, maar nu overstroomden ze weer de boulevards, waar ze praatten, lachten en elkaar verdrongen als die nerveuze, ondernemende mensenmassa die zo karakteristiek is voor deze mooie stad.

Ik wilde een passerend huurrijtuig aanhouden, maar Taya zei dat ze liever liep. Dus wandelden we verder, arm in arm, over de straten, boulevards en pleinen van de stad, zonder enig plan of een bepaalde bedoeling. De frisse wind sneed in onze wangen, en onverwachte windstoten lieten onze jassen om ons heen dwarrelen. Maar we waren ons niet bewust van dat soort onbelangrijke dingen en gingen helemaal op in de sfeer van de stad en onze verrukte wederzijdse observaties. Bij het oversteken van een brede boulevard werden we bijna omvergereden door een privérijtuig en maakte de dikke koetsier een scherpe opmerking tegen ons. Maar als reactie lachten we alleen maar. Niets deed ertoe, behalve ons samenzijn op een late winderige morgen in deze mooiste stad ter wereld. We liepen maar door de straten als twee soldaten die op een grote overwinning af marcheren.

We moesten een tijdje hebben gezworven, want toen we uiteindelijk stopten voor de etalage van een horlogemaker om naar een monsterachtige bronzen klok in de etalage te kijken, realiseerden we ons plotseling dat het al voorbij het middaguur was.

'Hebben we eigenlijk wel ontbeten?' vroeg Taya, en ze keek me verwilderd aan.

'Dat weet ik niet,' zei ik hulpeloos. 'Ik geloof het niet.'

'Ik ook niet. Hoe staat het met onze brioche?'

'Die kunnen we nog steeds eten, maar ik heb een beter idee. Laten we in plaats daarvan gaan lunchen. Kijk, daar, in het Café de la Colombe, net iets voor ons!'

We staken de straat over naar het restaurant. De tafeltjes op het trottoir waren allemaal bezet door mensen die koffie of wijn zaten te drinken en luidruchtig manieren bespraken om de Duitsers de afgang bij Sedan betaald te zetten.

'Laten we naar binnen gaan,' stelde ik voor. 'Ik wil je vandaag niet delen met de hele straat.'

'Laten we dan naar boven gaan,' zei Taya.

'Ik denk niet dat de ruimte daar open is voordat het dinertijd is,' zei ik.

'We kunnen het altijd vragen.'

We vonden de eerste kelner en vroegen het hem. Hij schudde zijn hoofd. Nee, boven was gesloten. Het speet hem, maar hij kon er niets aan doen.

Maar na het accepteren van het bankbiljet dat ik in zijn hand stopte klaarde zijn blik plotseling op. Hij hield een passerende ober aan.

'François,' zei hij. 'Mademoiselle en monsieur hier gaan naar boven. Wil jij ze daar bedienen.'

'Uitstekend,' zei de ober en hij liep haastig verder.

De eerste kelner bracht ons naar boven en liet ons plaatsnemen aan een hoektafeltje bij het raam. De tafelkleedjes in de volkomen verlaten ruimte waren net vervangen en het uitzicht door het raam was schitterend.

'De garçon komt zo,' zei de eerste kelner.

'We hebben geen haast,' verzekerde Taya hem.

Maar François, de ober die we beneden al hadden ontmoet, verscheen bijna meteen. Hij was een man van ongeveer dertig met rossig haar en lachende blauwe ogen, en misschien doordat we zo intens gelukkig waren, vonden we hem opmerkelijk vriendelijk. Hij nam actief deel aan onze menukeuze door ons enkele gerechten sterk aan te bevelen en ons op opgewonden fluisterende toon te waarschuwen voor een paar andere – als een echte Franse fijnproever. Uiteindelijk, na wat intensieve discussie, kreeg onze bestelling zijn goedkeuring en vertrok hij.

'Wat zal hij wel allemaal niet van ons denken,' zei Taya lachend.

'Vast niet zoveel,' zei ik. 'Hij heeft zijn eigen leven en dat is net zo belangrijk voor hem als het onze voor ons.'

Dat was alles wat we zeiden. Daarna zaten we elkaar alleen maar aan te kijken, en we merkten dat we daar geen genoeg van konden krijgen. Onze zorgvuldig uitgekozen gerechten arriveerden uiteindelijk, waarna we ontdekten dat onze eetlust was verdreven door de intensiteit van onze emoties.

Diverse keren keek François even naar binnen, zag dan dat ons eten nog praktisch onaangeraakt op onze borden lag en verdween dan weer. Uiteindelijk keerde hij opnieuw terug, maar deze keer bleef hij. We zagen dat hij een serveerwagentje met daarop een koelemmer naar binnen reed. De donkergroene hals van een champagnefles stak eenzaam uit het vergruisde ijs. Hij duwde het karretje recht naar ons tafeltje en begon de fles vakkundig tussen zijn handpalmen rond te draaien.

'U hebt een vergissing gemaakt,' zei ik tegen hem.

Een schalkse glimlach verspreidde zich over zijn sproetige gezicht. 'O, maar François maakt nooit vergissingen, monsieur.'

'Deze keer toch wel. We hebben geen wijn besteld.'

'Dat klopt helemaal, monsieur. Ik heb dan ook de grote eer om deze fles aan mademoiselle en u aan te bieden met mijn oprechte complimenten.'

'O, nee,' protesteerde ik. 'Dat kunnen we niet...'

'Ah, maar het zou mij een grote eer zijn, monsieur,' zei hij terwijl hij de fles uit het ijs trok en die in een servet wikkelde. 'Een grote eer.'

'Maar waarom doet u dit?' vroeg Taya, volkomen verbijsterd.

'Ah, nu stelt u mij een vraag, mademoiselle. Ik werk hier al meer dan tien jaar en ik heb naar de ogen van mensen gekeken, mademoiselle. En in al die jaren heb ik bij elkaar niet meer geluk gezien dan vandaag in de tien minuten waarin ik naar uw ogen keek. Als er meer ogen zoals die van u in de wereld waren, zouden de mensen elke morgen met een lied uit hun bed komen en er lachend weer in stappen.'

De kurk knalde uit de fles en de schuimende wijn stroomde in kristallen glazen. 'Mag ik u een lang leven wensen en moge geluk elke seconde ervan opluisteren, mademoiselle, monsieur...' zei hij, terwijl hij de glazen voor ons neerzette.

Een lange seconde waren we sprakeloos en toen pakte Taya haar glas. 'Dank u,' zei ze, haar stem laag van emotie. 'Ik zal dit nooit vergeten.'

Taya dronk en ik dronk, nog overweldigd door de grootsheid van het gebaar. François sloeg ons met een grijns gade. Toen haalde hij het glanzende plaatje van zijn revers en legde dat op het tafelkleedje voor Taya.

'Mag ik dit aan mademoiselle aanbieden als een teken van geluk?' zei hij respectvol. 'Het heeft mij geluk gebracht sinds ik het de vorige lente kreeg. Ik ben getrouwd met de vrouw van wie ik hou en twee dagen geleden heeft ze me een prachtige zoon geschonken, die, met Gods hulp, eraan zal bijdragen dat Elzas-Lotharingen weer deel zal gaan uitmaken van het vaderland.'

Taya pakte het plaatje aan.

'Dank u,' zei ze. 'Ik zal het altijd bij me dragen, waar ik ook ga. En op een dag zal ik hier terugkomen en u vertellen of het heeft gewerkt.'

'Het zal werken, mademoiselle.'

François vulde opnieuw onze glazen, legde het servet over zijn arm en vertrok, waarna hij ons alleen liet. Even zaten we daar bewegingloos en zwijgend. Taya keek naar het glanzende plaatje in de palm van haar hand.

'Negen,' zei ze uiteindelijk, alsof ze antwoord gaf op haar eigen gedachten. 'Mijn geluksgetal... ik zal dit altijd koesteren, Sjota, meer dan alle juwelen die ik misschien ooit zal krijgen. Ik heb het gekregen vanuit het hart en het zal me altijd herinneren aan jou, aan onze liefde, en aan de gelukkigste dag van mijn leven.'

Ze opende haar handtas en liet het plaatje erin vallen.

'Laten we gaan eten!' zei ze gretig, terwijl ze de tas sloot en die op het tafeltje naast haar zette. 'We mogen François niet teleurstellen. Hij is de eerste vriend die we hebben ontmoet sinds onze verloving en ik weet dat het een prachtig voorteken is!'

We begonnen met smaak te eten. De wijn, zo vriendelijk aangeboden door François, had onze eetlust geprikkeld. We genoten van iedere hap, en pauzeerden alleen om in elkaars ogen te kijken en nog meer te lachen.

7

Ishtvan Irmey

De School voor Meisjes van mademoiselle Nocq had in heel Europa een uitstekende reputatie vanwege de uitmuntende scholastiek en de manier van lesgeven. Met de strenge discipline werd niet de hand gelicht. De leerlingen mochten niet het terrein verlaten zonder schriftelijke toestemming van de directrice. Mademoiselle Nocq was hier nooit royaal mee, zeker niet voor de meisjes van wie de familie buiten Parijs woonde. Het was dan ook niet verwonderlijk dat we elkaar na Taya's ontsnapping van school op de dag van mijn aankomst een tijdje niet zagen. Ik ontving een haastig gekrabbeld briefje van haar waarin stond dat ze 'in de gevangenis' zat. Toen ze er eindelijk in slaagde om naar buiten te mogen, deze keer met officiële toestemming, vertelde ze me wat er was gebeurd. Mademoiselle Nocq had haar bij haar terugkeer streng ondervraagd. Toen Taya weigerde te vertellen wat ze die dag had gedaan, kreeg ze te horen dat ze bij een tweede overtreding van de regels, hoe klein ook, van school zou worden gestuurd. Dat was een ernstig dreigement voor Taya, omdat haar moeder heel trots was op het feit dat haar dochter binnenkort haar diploma zou krijgen.

'Dat zou haar dood worden,' zei Taya wanhopig. 'Echt waar. We moeten geduld hebben, Sjota. Nog tien weken, dan ben ik zo vrij als een vogel. Maar deze ellendige weken zullen we door moeten zien te komen. Ik weet dat je dat zult begrijpen.'

Dat deed ik. Ik kende Taya's geweldige toewijding aan haar zieke moeder en respecteerde haar daarom. We bespraken de situatie en Taya vertelde me dat ze er tamelijk zeker van was dat, als ze al haar charmes zou inzetten bij mademoiselle Nocq, ze waarschijnlijk wel toestemming zou krijgen om elke zondagmiddag na de kerk de school te mogen verlaten, al was het maar voor een paar uur. Maar dat was alles. Dus na een hele week wachten moesten we ons telkens tevredenstellen met die paar uur. Een gekmakende situatie, maar we waren het er allebei over eens dat we geen andere keus hadden.

Zelfs brieven schrijven zou niet lukken, omdat de leerlingen geen brieven mochten ontvangen van andere mensen dan hun eigen ouders. Mijn brieven, die ik had geschreven vanuit Tiflis, waren allemaal poste restante gestuurd, en Taya haalde die eens per week op. Maar nu bleek zelfs dat onmogelijk.

Niettemin vonden we een manier om de draconische beperkingen van mademoiselle Nocq te omzeilen – via een vorm van telepathie waar de goede vrouw haar macht niet over uit kon oefenen. Elke week kozen we een boek uit de schoolbibliotheek en elke avond op precies dezelfde tijd lazen we dezelfde bladzijden – Taya in de slaapzaal van haar school, ik thuis in mijn zitkamer bij het vuur. Het thema van het boek diende als medium tussen ons. We verbaasden ons over het succes van deze zelfbedachte hypnosemethode.

Uiteindelijk ontdekten we dat we echt boodschappen naar elkaar konden versturen. Als we op zondag onze aantekeningen vergeleken, ontdekten we dat onze telegraaf bijna net zo goed werkte als het door Samuel Morse uitgevonden systeem.

Maar we waren dan ook zeer gevoelige jonge mensen bij wie de intuïtie nog heel scherp was. Veel dingen die onmogelijk waren voor anderen, bleken gemakkelijk binnen ons bereik te liggen. Dit realiseerde ik me pas later in mijn leven ten volle. Maar in die tussenfase in Parijs namen we onze vreemde krachten nooit serieus. Onze techniek was niet meer dan een slimme list om mademoiselle Nocq te omzeilen en een excuus voor onze verrukte gevoelens toen die zo goed bleek te werken.

Wat onze wekelijkse ontmoetingen betrof, die waren elke keer weer een heerlijk avontuur. Maar één in het bijzonder staat nog steeds in mijn geheugen gegrift. Het gebeurde op een zondagmiddag laat in maart. Ik ontmoette Taya zoals gewoonlijk voor een kleine bloemenwinkel die een paar straten vanaf haar school was. Het was nog tamelijk fris, maar de eerste tekenen van de lente waren er al. Een nieuwe en energie gevende wind waaide al door de straten van de stad met een heel nieuw scala aan verrukkelijke geuren.

Taya nam mijn beide handen in de hare. Toen werd haar gezicht verlicht door zo'n stralende lach dat ik het gevoel had dat ik van top tot teen verblind werd door een schitterend licht.

'Raad eens!' riep ze uit.

'Je bent geslaagd voor meetkunde.'

Ze trok haar handen weg. 'Hoe weet jij dat?'

'Je vergeet onze bijeenkomst van gisteravond; de twaalfde bladzijde van *Werkers van de zee!*'

Ze lachte. Nooit eerder of later heb ik een lach gehoord zoals die van Taya. Het was een uitbundige lach waarin alle warmte en charme van haar hele wezen weerklonken.

'Ik was echt stomverbaasd. Gistermorgen hoorden we de resultaten, en zonder enige waarschuwing. Geen waarschuwing...! Toen ik dat examen deed was ik zo vreselijk nerveus dat ik niet eens meer het verschil tussen een cirkel en een driehoek had kunnen vertellen. En de stellingen die we moesten bewijzen van mademoiselle Duval... je had het moeten zien! Alleen een perverse geest had die kunnen bedenken. Maar toen ik mijn werkschrift opende, weet je wat ik toen deed...? Ik dacht aan jou.'

'En...?' vroeg ik.

'En ik was als tweede van de hele klas klaar. Mademoiselle Duval viel bijna flauw toen ik mijn werkschrift op haar bureau legde. Ik twijfel er niet aan of de schok heeft haar de hele nacht wakker gehouden!' Opnieuw weerklonk haar lach terwijl ze haar arm door de mijne stak. 'Weet je wat dat betekent, Sjota?'

We liepen langs de straat in de richting van de rivier.

'Nou?'

'Dat betekent dat ik zonder problemen mijn diploma zal halen. Ik was bang dat ik nog een zomercursus zou moeten doen voordat ik mijn diploma zou halen. Maar dat is niet zo! Over vier weken zal ik een vrije vrouw zijn, meneer, klaar om met jou te trouwen... als je me wilt hebben.'

'Dit is zó plotseling,' zei ik. 'Geef me nog wat tijd om erover na te denken.'

'Dan zou ik maar opschieten. Ik heb diverse aantrekkelijke

aanzoeken. Laten we naar Chez Moi gaan. Ik wil het vieren!'

Chez Moi was ondanks zijn egocentrische naam een erg eenvoudige gelegenheid aan de andere kant van de rivier waar we allebei graag kwamen. Hij was klein, verborgen en meestal verlaten op zondagmiddag, maar bovendien kon je er het beste gebak in de stad kopen – tenminste, zo leek het ons. De eigenaresse, mère Charbon, was een gezette, vriendelijke vrouw met een zwak voor Taya. We zaten daar vaak een uur of nog langer.

Ze begroette ons met een enorme lach die haar gezicht in tweeën leek te splijten, waardoor het een wonder leek dat het nog een geheel bleef. 'Kinderen...!' riep ze extatisch uit. 'Ik hoopte al dat jullie vandaag zouden komen. Ik heb napoleons gebakken, die de arme keizer zelf nog zouden hebben gered als hij ze bij Waterloo had gekend.'

'Wat zou er zijn gebeurd als hij ze had gebruikt om Wellington ermee te beschieten?' riep Taya uit, en ze plantte een kus op de wang van de vrouw. 'Laten we ze dan maar nemen! Vandaag hebben we iets te vieren.'

Dus maakten we er een feestje van. We namen napoleons, roomsoesjes en koffie. Ik dronk zelfs een glas wijn. Het gebak was goddelijk en de wijn slecht, maar ik dronk die met een plezier dat het hof van de Zonnekoning eer zou hebben aangedaan. Voorlopig was het laatste obstakel tussen ons en onze toekomst uit de weg geruimd. Taya was niet zo goed in wiskunde, vooral meetkunde, waardoor het had gekund dat ze veel langer dan goed zou zijn geweest, op die school opgesloten zou hebben gezeten.

Maar nu lag ons hele leven voor ons als een gouden tapijt. In onze geest gingen we er al over lopen. Ik wilde de wereld rond zeilen voor onze huwelijksreis, maar Taya hield het op

Egypte. Dus het zou Egypte worden. We zouden de winters in Parijs doorbrengen en de zomers in Samourzakani, waar Taya zomercursussen kon organiseren voor de boerenkinderen, gebaseerd op de moderne onderwijsmethoden die ze bij mademoiselle Nocq had geleerd.

'Heb je al iets van je moeder gehoord?' vroeg ik terloops.

'Ja,' zei Taya. 'Ik heb gisteren een brief gekregen.'

'Nog nieuws?'

'Nee. Ze vindt nog steeds dat ze je eerst moet leren kennen voordat ze haar toestemming geeft... maar dat is louter een formaliteit, Sjota. Je kent moeder niet. Ze is de geweldigste, vriendelijkste persoon op de wereld, en ze zou alles doen om mij gelukkig te maken. Je zult van haar gaan houden zodra je haar ziet. Maar ze is vreselijk voorzichtig met alles wat met mij te maken heeft... dat kun je haar toch niet kwalijk nemen?'

We waren klaar om weg te gaan en ik hielp Taya in haar jas.

'Nee,' zei ik, 'natuurlijk niet. Waar zullen we heen gaan?'

Het was inmiddels donker en het lint van gaslampen dat in de rivier weerspiegeld werd, deed denken aan een sprookje dat zich op de andere oever afspeelde.

'Laten we naar Montmartre gaan!' wendde Taya zich plotseling tot mij. 'Ik heb die schandelijke gelegenheden nog nooit gezien. Maar nu mag het, ik ben praktisch een getrouwde vrouw.'

'Ben je niet bang dat je mademoiselle Nocq tegen het lijf zult lopen, dansend met een Apache?'

Zelfs mère Charbon bulderde van het lachen bij dat idee.

We besloten om er een leuke avond van te maken. Eerst bezochten we diverse toeristencafés in Montmartre, die geen van alle erg onfatsoenlijk waren, maar voor Taya niettemin een groot avontuur bleken. Haar ogen straalden, haar wangen kregen een kleur en nooit eerder had ik haar zo geanimeerd gezien. Dit was haar avond en ze zou er tot het allerlaatst van genieten.

Het begon al laat te worden volgens de maatstaven van mademoiselle Nocq, toen we uiteindelijk aankwamen bij Szeged. Dit Hongaarse restaurant is beroemd in heel Europa om zijn wijnkelder en de niet minder geweldige zigeunermuziek, gespeeld door echte zigeuners. Ik had al veel verhalen gehoord over Szeged, maar was er nog nooit geweest. Toen ik dat voorstelde als onze laatste gelegenheid, stemde Taya meteen in.

Het restaurant zelf bleek klein te zijn, gevestigd in een souterrain waar je kwam via een steile wenteltrap. Het interieur was doelbewust heel simpel gehouden. Het restaurant was zo vaag verlicht dat het er bijna donker was, en het gewelfde stenen plafond gaf het gevoel als van een middeleeuwse kerker of martelkamer. Maar deze sfeer maakte kennelijk allemaal deel uit van het imago. De tafeltjes stonden langs de muren in kleine alkoven, zorgvuldig gerangschikt zodat iedereen, hoewel gescheiden van de anderen, een goed zicht had op het zwak verlichte podium in het midden van de ruimte. De tafelbladen waren van donker hout, kaal op tafelkleedjes of servetten na, waardoor het er een goedkope taverne leek. In werkelijkheid was Szeged een van de duurste restaurants van Montmartre. Champagne was verplicht en de prijs ervan was buitensporig. Toen we binnenkwamen begreep ik absoluut niet waarom er hier zo veel mensen kwamen, die ook nog eens hele nachten bleven hangen in zo'n naargeestige en melancholieke omgeving.

Een ober met een zigeunerkaftan en zigeunerlaarzen leidde ons naar een tafeltje en informeerde of we behalve champagne nog iets anders wensten.

'Waarom is het hier zo leeg?' vroeg ik.

'Het is nog heel vroeg, monsieur. Rond drie uur in de morgen zal elke stoel bezet zijn. Mensen komen hierheen als ze de andere gelegenheden verlaten – en deze week zullen ze van ver komen.'

'Waarom?'

Het gezicht van de ober nam een eerbiedige uitdrukking aan. 'Ishtvan Irmey is hier, monsieur.'

'Wie is Ishtvan Irmey?'

De ober keek me ongelovig aan. 'Ishtvan Irmey is een van de grootste kunstenaars die er is, monsieur. Mensen volgen hem helemaal vanuit Boedapest en Wenen.'

'Wat doet hij dan?'

Het geduld van de ober begon duidelijk op te raken. 'Hij speelt viool, monsieur, tenminste, als hij in de stemming is om te spelen. Niemand weet wanneer hij gaat spelen. Mensen zitten gewoon te wachten, en te hopen. Op sommige avonden speelt hij helemaal niet.'

Ik vertelde hem dat we behalve champagne niets wensten, waarop hij ons verliet. 'Nu weten we tenminste dat Ishtvan Irmey een man is en dat hij viool speelt,' zei ik tegen Taya. 'Voor wat de rest betreft blijft het afwachten.'

Taya antwoordde niet. De kerkerachtige sfeer had kennelijk invloed op haar stemming. Ze zag er droevig, bezorgd, zelfs een beetje bang uit. Ze trok haar bruine jas dichter om haar hals en rilde nerveus.

'Wil je soms weg, Taya?' vroeg ik. 'Het wordt al laat en je moet om elf uur terug zijn.'

'Ja,' zei ze. 'Ik wil weg, Sjota. Het is hier zo vochtig en droevig.'

Ik stond op en keek om me heen naar de ober om de bestelde champagne te betalen. Maar precies op dat moment naderde een lange en oud uitziende man ons tafeltje. Hij droeg een rood hemd, met om zijn middel een koord waaraan twee kwasten bengelden. Onder zijn arm droeg hij een viool. Vooral zijn gezicht zal ik nooit vergeten. Lang en bijna volkomen levenloos, met een lange arendsneus en de perkamentachtige gele huid strak over uitstekende jukbeenderen, en haar dat sneeuwwit was. Alleen zijn ogen gaven nog blijk van enig leven – en glinsterden met een felle, bijna fanatieke gloed vanonder zijn overhangende wenkbrauwen. Zoals hij daar voor ons stond had hij het uiterlijk van een vroegchristelijke martelaar die bezig is te sterven aan het kruis, maar op de een of andere manier toch nog iets uitdagends en onoverwinnelijks uitstraalde.

Hij keek even naar Taya en toen, met een snelle beweging van zijn arm, gooide hij de viool over zijn schouder en flitste de strijkstok langs zijn gezicht. De eerste tonen van een aangrijpende zigeunermelodie zweefden de ruimte in. Langzaam ging ik weer zitten, volkomen in de ban. Meteen begreep ik waarom mensen deze man door heel Europa volgden. Niemand kon viool spelen zoals Ishtvan Irmey. Het klonk eigenlijk nauwelijks als een viool. Alle verdriet van het bestaan, de pijn, de ellende, zelfs de ziel ervan leken gevangen in die klaaglijke klanken. En was het goede muziek, was het slechte muziek...? Het enige wat ik zeker wist was dat Ishtvan Irmey inderdaad een heel groot kunstenaar was.

Ik keek naar Taya. Ze zat bewegingloos in de ruimte te kijken, gehypnotiseerd door de kracht van de viool. De ober die onze champagne bracht was ook stil blijven staan, op een paar stappen van ons tafeltje.

Toen stierf de laatste tragische noot van de viool weg onder het gewelfde plafond. Maar we bleven daar doodstil zitten, bang een spier te vertrekken, voor het geval we daarmee de betovering zouden verbreken die door dit oude instrument was opgeroepen in deze sobere, moderne ruimte. Uiteindelijk streek Taya met haar hand over haar ogen.

'Prachtig!' fluisterde ze in het Russisch.

Er verscheen langzaam een glimlach op de lippen van de oude man, die zich toen verspreidde over het netwerk van rimpels dat over zijn gezicht lag. Die glimlach leek plotseling leven te brengen in wat tot op dat moment niet meer dan een oud wassen masker had geleken. Nu merkten we dat het werd getransformeerd tot een fijn gevormd en vriendelijk gezicht.

'Ik dacht wel dat jullie Russen waren,' zei hij zacht, worstelend met zijn Russische woorden. 'Dat is ook de reden waarom ik voor jullie heb gespeeld... Jullie volk weet hoe het naar muziek moet luisteren – met de ziel.'

De ober, die inmiddels weer tot leven was gekomen, zette glazen voor ons neer en opende de fles. Irmey wendde zich tot hem en sprak met een zigeunerdialect met veel keelklanken en de ober knikte. Hij zette snel een andere stoel erbij en de oude man ging zitten, waarna hij de viool op het tafeltje naast hem legde.

'U spreekt goed Russisch,' zei Taya beleefd.

'Ik ben in jullie land geweest,' knikte hij. 'Vele, vele jaren geleden, toen ik nog jong en sterk was, reisde ik met jullie zigeuners door de koude noordelijke wouden en de lege Wolgasteppen, en leerde hun liederen.'

'Taya,' zei ik, 'misschien kent monsieur Irmey het lied dat je pasgeleden speelde, weet je nog? Dat wat je moeder vroeger neuriede... ik krijg het maar niet uit mijn hoofd.'

'O...' zei Taya aarzelend.

'Ik ken heel wat liederen,' zei de oude man glimlachend tegen Taya. 'Ze zongen goede liederen toen ik nog jong was.'

'Alsjeblieft, Taya,' smeekte ik.

'Er is hier geen piano...'

'Neurie het dan gewoon...'

Taya trok rimpels in haar voorhoofd in een poging de melodie op te roepen, en begon het toen zacht te neuriën. Terwijl ze dat deed kwam er een vreemde verandering op Ishtvan Irmeys gezicht, alsof er plotseling een diepe en persoonlijke strijd werd weerspiegeld. Taya stopte even, maar de oude man knikte ongeduldig. Ze begon opnieuw te neuriën. Langzaam, half onbewust, hief Ishtvan Irmey de viool naar zijn schouder en begon weer te spelen. Hij kende dat lied, en hij kende het heel goed. Hij ging door met spelen met zo'n gevoel dat Taya en ik onze adem inhielden. Andere mensen in het restaurant stapten uit hun stenen hokjes om het beter te kunnen horen, eveneens compleet in de ban. De melodie die hij speelde was van zo'n schoonheid dat, toen de oude man klaar was en de viool weer op het tafeltje legde, niemand durfde te applaudisseren. Ik zag ineens dat er een traan was verschenen op het perkament van zijn wang.

'Dat is een oud lied,' zei hij rustig, waarbij hij probeerde de traan weg te vegen voordat wij die zouden opmerken. 'Een heel oud lied. Ik heb het... o, misschien wel vijftig jaar niet gespeeld. Sommige mensen vragen ernaar, maar ik speel het nooit.'

'Waarom niet?'

'Dat heb ik aan een vriend beloofd.'

Er viel een korte stilte.

'Hoe heet het?' vroeg Taya.

'Ik ken de naam niet... ik hoorde het een oude zigeuner zingen op een avond, vele jaren geleden. De woorden zeggen dat we maar eens in ons leven de ware liefde ontmoeten; één keer, en daarna niet meer... Nooit meer. Het is echt een droevig lied.'

Ik bood hem wijn aan, maar hij weigerde beleefd en vroeg in plaats daarvan aan de ober om hem sterke thee te brengen. Intussen begon het restaurant zich geleidelijk te vullen met nieuwe groepen die bleven binnenkomen, voor het merendeel goed geklede mannen en vrouwen in bontjassen. Als ze ons tafeltje passeerden, wierpen ze snelle blikken op Ishtvan Irmey. Sommigen glimlachten zelfs naar hem, maar hij besteedde er geen aandacht aan, maar bleef gewoon van zijn thee drinken.

'Speelt u vanavond nog een keer, monsieur Irmey?' vroeg Taya.

'Dat weet ik niet,' zei hij, 'ik kan alleen spelen als mijn ziel me daartoe aanzet. Je kunt niet alleen maar met je handen goede muziek maken... dat zou dode muziek zijn, net als alles wat alleen door handen wordt gemaakt.'

Inmiddels begon Szeged zijn gebruikelijke nachtelijke patroon te vertonen. Flessen knalden en obers haastten zich heen en weer met wijnemmers en dienbladen. Een zigeunerstrijkkwartet nam plaats op het podium en even later begonnen ze aan hun gebruikelijke repertoire van mooie melodieën, de ene keer droevig, even later weer uitbundig. Ishtvan Irmey luisterde een poosje zwijgend en schudde toen zijn sneeuwwitte hoofd.

'Goede muzikanten...' zei hij. 'Heel goed. Maar ze spelen met vaardige handen. Ze begrijpen het niet en ze voelen het niet. En het is zo'n simpel geheim.'

'Wat is dat dan?' vroeg Taya.

Hij keek even naar Taya en glimlachte toen opnieuw. 'Veel mensen zijn al naar me toe gekomen om te vragen: "Hoe speel je, Irmey? Leer het ons." Goede mensen, prima muzikanten. "Kijk," zeg ik dan altijd tegen ze. "Kijk, dit is hoe ik speel."'

Hij sloeg devoot een kruis. Taya en ik waren allebei verbluft.

'Niemand begrijpt het,' vervolgde de oude man. 'Ze denken dat de oude Irmey een grap maakt. Maar dit is de enige manier om dingen te doen die leven.' Hij herhaalde het gebaar. 'Eerst het voorhoofd en het hart – wat betekent: geest en ziel samen. Dan de schouders – die een verbinding vormen met je armen en dus alle drie verbinden. De geest alleen – dood; de ziel alleen – goed, maar stuurloos; de armen alleen – het ergst van alles, want zonder geest en ziel handelen ze zonder de consequenties te kennen, en op die manier veroorzaken ze dingen die anderen pijn kunnen doen.'

'Helemaal waar,' zei Taya, duidelijk onder de indruk.

'Ik was een slechte muzikant totdat een oude monnik in de bossen van Moskou me dit geheim leerde. Hierna begreep slechts één man het echt. "Irmey," zei hij wel, "je speelt geen viool; je bidt." "Ja," zei ik, "ik bid voortdurend." "Bid voor mij," zei hij, "want ik begrijp mijn leven niet en evenmin Gods wegen." En ik speelde voor hem het lied dat ik vanavond voor jullie heb gespeeld. Ik heb het niet meer gespeeld sinds hij wegging; tot vanavond.'

Hij pauzeerde even terwijl hij wegkeek, verzonken in herinneringen.

'Wanneer was dat?' vroeg ik.

'O, misschien vijftig jaar geleden in Boedapest. Hij was een mooie jonge man, groot en gespierd met een ziel zo groot als de wereld. Hij werd als een zoon voor mij. Als hij kwam speelde ik telkens opnieuw dit lied voor hem. Hij zat dan te luisteren met een gekweld hart, want ook al was hij rijk en knap, toch was hij een ongelukkig mens. Het leek erop dat hij wat hij het liefst in zijn leven wilde hebben, nooit zou kunnen krijgen. "Speel, Irmey," zei hij dan, "speel het opnieuw, want ik begrijp het nog steeds niet." Ik speelde dan en mijn ziel huilde samen met die van hem.'

De oude man stopte, opnieuw verzonken in gedachten. Inmiddels was het restaurant helemaal vol. Elke stoel was bezet en de ober passeerde ons tafeltje diverse malen, waarbij hij mij ongeduldige blikken begon te geven. Ik zei tegen hem dat hij nog een fles champagne op mijn rekening kon zetten en dat hij ons verder met rust moest laten.

'Wat gebeurde er met die man?' vroeg Taya zacht. De oude man zette zijn kopje neer. 'Op een avond, net voor het aanbreken van de dag, kwam hij naar mijn kamer in Boeda aan de andere kant van de rivier. Zoals gewoonlijk stapte ik uit bed en pakte mijn viool, maar die keer zei hij dat ik die weg moest leggen. "Je hoeft dit lied niet meer te spelen, Irmey," zei hij, en hij sloeg zijn arm om me heen, "want nu heb ik het eindelijk begrepen. Nu weet ik dat het waar is dat een man maar één keer in zijn leven de ware liefde ontmoet, maar het is niet waar dat hij die ooit kan verliezen; en evenmin moet hij daarom huilen. Jouw lied is een leugenachtig lied, Irmey. Speel het nooit meer. Een man kan nooit een liefde verliezen die zo diep is. Misschien wel in dit leven. Maar wat is dit leven, Irmey? Kijk, ik zal je laten zien wat dit leven is!" Hij pakte zijn horloge uit zijn zak en sloeg het open. "Kijk, Irmey," zei hij. "Dit is wat ongelukkige mensen het leven noemen. Radertjes, veertjes, twee dwaze wijzertjes. Dit is de reden waarom mensen lijden in deze wereld, omdat ze naar die wijzers kijken, in plaats van naar de hand van God die wijst naar de ware manier van leven." Daarop gooide hij zijn horloge regelrecht het raam uit. Impulsieve jongen toch!'

Ishtvan Irmey grinnikte zacht bij die herinnering.

'En toen?' vroeg Taya.

'En toen ging hij terug naar huis. Hij gaf me veel geld, meer dan ik ooit daarvoor bij elkaar had gezien, en kwam nooit meer terug. Hij zal nu wel bejaard zijn. Laat me eens denken... Hij was toen misschien twintig en ik veertig... Hij zal dus nu een jaar of zeventig zijn... misschien tweeënzeventig... een goede, heel goede leeftijd voor een man,' voegde hij er peinzend aan toe.

Taya en ik wisselden blikken uit, geroerd om te horen hoe hij mijmerde over de tijd toen hij zeventig was, wat hem op dat moment de bloei van zijn leven moet hebben geleken.

'Is hij ooit getrouwd met de vrouw van wie hij hield?' vroeg Taya.

'Dat is iets wat ik niet weet,' antwoordde hij. 'Ik heb hem nooit meer gezien. Maar hij was een gelukkig mens toen hij mijn kamer verliet.'

Hij stond op, pakte zijn viool en stopte die snel onder zijn arm. Ik vond het moeilijk te geloven dat deze lange, beweeglijke man zo oud kon zijn als hij beweerde.

'Nog een goede avond, kinderen, en God zegene jullie,' zei hij terwijl hij een massief antiek gouden horloge tevoorschijn haalde. Hij drukte op een knopje aan de zijkant en het gouden dekseltje klapte open, waarop de wijzerplaat zichtbaar werd. 'Kijk,' zei hij, 'ik vond het horloge de volgende morgen in de braamstruiken onder mijn raam en heb het gehouden... Het loopt nog steeds goed en als ik hem ooit nog zie, geef ik het aan hem terug. Het is een kostbaar horloge.'

Taya en ik keken naar het horloge, en toen keken we elkaar aan. Op de achterkant van het deksel stond het wapen van de d'Iberio's gegraveerd, samen met grootvaders initialen, 'P. d'I.' Geen vergissing mogelijk. Ik had die initialen ontelbare keren gezien in Tiflis en Samourzakani. Taya moest ze ook hebben opgemerkt op het linnen en het bestek.

Ishtvan Irmey klapte het dekseltje dicht en stopte het horloge terug in zijn zak. 'Nog een goede avond,' zei hij opnieuw vrolijk en hij liep weg met ritmische stappen die in tegenspraak leken met zijn leeftijd.

Zwijgend betaalde ik de rekening en zwijgend liepen we Szeged uit. Ik huurde een rijtuig en we reden de hele weg naar Taya's school zonder iets te zeggen. We zeiden niet eens iets bij ons afscheid. Ik kuste alleen haar hand en zij raakte mijn voorhoofd aan met haar warme, zachte lippen. Ik keek hoe ze door de monumentale poort van het pand van mademoiselle Nocq verdween, en vroeg toen aan de koetsier om me naar huis te rijden.

Voor het huis zag ik de lange, donkere gestalte van Erast die heen en weer liep op het trottoir.

'Wat doe jij hier?' vroeg ik, verbaasd over deze nachtwake.

'Er is een man in ons huis,' vertelde hij me opgewonden.

'Een man? Wat voor man?'

'Dat weet ik niet. Hij draagt een zwarte overjas.'

'Heb je soms gedronken?'

'Ja, maar heel weinig. Hij kwam vanavond en ik vertelde hem dat u niet thuis was. "Le Printz ne pas maison," zei ik tegen hem, maar hij begreep zeker geen Frans, want hij liep regelrecht naar de zitkamer en ging daar zitten. Ik sloeg hem gade vanuit de hal, maar hij moet me hebben gezien, want hij nam niets weg. Toen hij maar bleef zitten, heb ik alle deuren op slot gedaan en ben ik naar beneden gegaan om op u te wachten. Hij kan er niet uit.'

Het was veruit het langste verhaal dat ik Erast ooit achter elkaar had horen vertellen, en het meest bizarre. Ik verwachtte helemaal geen bezoekers, en had mijn aanwezigheid in Parijs doelbewust geheimgehouden voor mijn weinige kennissen – vooral om de noodzaak van sociale activiteiten te vermijden. Het kon monsieur Renault niet zijn, omdat Erast die kende.

Ik opende de voordeur en liep naar boven, met Erast op mijn hielen.

'Wilt u dat ik buiten blijf wachten en hem grijp als hij probeert door het raam te ontsnappen?'

'Geef me de sleutel eens, Erast,' zei ik tamelijk kortaf.

Ik opende de deur van mijn appartement. Vanuit de voorkamer kon ik een man zien zitten die comfortabel in een stoel bij het vuur zat. Ik weet niet waarom, maar dit irriteerde me een beetje, waarschijnlijk omdat Taya in die stoel had gezeten op de dag dat ik in Parijs was aangekomen en grootmoeders ring aan haar vinger had geschoven.

De man hoorde mijn voetstappen en stond abrupt op om

me tegemoet te treden. Hij was jong, blond, knap en onberispelijk gekleed. Alles aan hem straalde correctheid uit – zijn lengte, postuur, gebaren en manieren.

'Prins d'Iberio, neem ik aan?' vroeg hij met een keurige kleine buiging. Ook zijn Frans was precies en correct, al hoorde je onmiddellijk dat hij een buitenlander was.

'Baron Helmut Kluge von Klugenau,' stelde hij zichzelf voor, 'Derde secretaris van het Russische keizerlijke gezantschap in Bern.'

We gaven elkaar een hand en ik vroeg hem om te gaan zitten. Dat deed hij, terwijl hij zorgvuldig de vouwen van zijn broek rond zijn knieën rechttrok. Hij was duidelijk een keurige man.

'Vergeef me mijn inbreuk op de privacy van uw huis op dit uur,' zei hij, 'maar ik heb een persoonlijke boodschap die van groot belang is voor u, denk ik, en ik verlaat Parijs over twee uur. Over een uur en veertig minuten,' corrigeerde hij zichzelf, terwijl hij op zijn horloge keek.

'Een boodschap?' zei ik. 'Van wie dan?'

'Van madame Von Lemberg.'

Dat was de naam van Taya's moeder en mijn interesse werd gewekt.

'Ja?' vroeg ik gretig. 'En wat is die boodschap dan, baron?'

'Madame Von Lemberg verzoekt om het genoegen van uw aanwezigheid in haar woning in Lausanne op zo kort mogelijke termijn, om bepaalde vertrouwelijke zaken van groot belang te bespreken.'

'Ja, natuurlijk... ik heb al een reis naar Zwitserland overwogen in de nabije toekomst... in mei misschien.'

'De gezondheid van madame Von Lemberg is buitengewoon slecht,' zei de jonge man net zo beheerst en beleefd als ervoor. 'Ieder uitstel kan ongelukkige gevolgen hebben. Als ik het zo mag zeggen, prins, dan is het onmiddellijk aanvaarden van de reis het enige juiste antwoord onder de omstandigheden.'

Ik stond nerveus op en liep nadenkend heen en weer in de kamer. Ik wist dat ik meteen naar Taya's moeder toe moest; dat het ongetwijfeld iets van groot belang was voor zowel Taya als mijzelf. Maar voordat ik zou vertrekken, wilde ik eerst met Taya praten. Alsof hij mijn gedachten kon lezen, sprak de jonge man opnieuw.

'Het is de nadrukkelijke wens van madame Von Lemberg dat haar dochter niet op de hoogte wordt gesteld van deze voorgestelde ontmoeting. Ze wenst de aangelegenheid strikt geheim te houden, omdat anders de voorgestelde bespreking misschien niet het gewenste resultaat zal hebben. Madame Von Lemberg weet dat ze erop kan vertrouwen dat u haar wens zult respecteren.'

'Natuurlijk, baron,' zei ik.

De jonge man stond op, pakte zijn overjas, hoed en handschoenen en boog opnieuw. 'Goedenavond, prins. Het was me een groot genoegen om kennis met u te maken, dat kan ik u verzekeren.'

Hij klikte zijn hielen tegen elkaar en liep naar buiten, terwijl ik doorging met ijsberen. Gedachten schoten door mijn hoofd. Kennelijk had madame Von Lemberg er een goede reden voor dat ze me zo snel onder vier ogen wilde spreken. Het was heel goed mogelijk dat haar gezondheid dusdanig achteruit was gegaan dat ze besefte dat ze er niet meer zou zijn tegen de tijd dat Taya en ik in mei naar Zwitserland zouden komen. Maar waarom wilde ze dan mij alleen zien en niet Taya, of Taya en mij samen? Al mijn veronderstellingen waren nutteloos. Ik had geen andere keus dan te gaan. Het was maandag. Dat gaf me meer dan voldoende tijd voor een snelle reis naar Lausanne en weer terug, voordat ik Taya de volgende zondag weer zou ontmoeten. Misschien was Taya's moeder zo wijs dat ze haar dochter geen overmatige angst wilde aanjagen in die laatste paar schoolweken die zo cruciaal waren voor haar.

'Erast!' riep ik.

Erast verscheen als bij toverslag in de deuropening.

'Ga voor me pakken, Erast. We vertrekken vanavond.' Een wilde hoop verscheen in zijn gitzwarte ogen. 'Naar huis, naar de bergen?'

'Naar andere bergen, Erast. Kom, man, schiet op!'

Ik klapte in mijn handen en Erast rende de trap op als een geschrokken berggeit.

8

Dokter Bauer

Ik opende mijn ogen.

Ik had geen flauw idee waar ik was, of wat er met mij was gebeurd sinds de dag dat ik was geboren. Ik wist niet eens of ik dood of levend was. Het enige waar ik me van bewust was, en heel scherp, was mijn hoofd. Dat voelde enorm aan, als een grote gietijzeren bal gevuld met pijn. Maar de pijn zat niet op een bepaalde plek. Hij klotste van de ene naar de andere kant, als water in een tobbe dat heen en weer schiet, golvend en terugtrekkend, om dan bijna over de rand te stromen.

Ik probeerde mijn hoofd op te tillen, maar dat bleek een hopeloze onderneming.

Zodra ik het bewoog, raakten duizenden stalen hamers tegelijk de zijkant van mijn slapen. Ik slaagde er echter wel in om me op mijn zij te rollen. Pas toen ontdekte ik dat ik in bed lag. Door mijn ogen half dicht te knijpen en mijn blik scherp te stellen, begon ik dingen om me heen te onderscheiden. Ik leek in een gewone hotelkamer te zijn: een toilettafel met een spiegel, een ladekast, een secretaire, een paar stoelen, twee ramen met dichtgetrokken gordijnen.

Op de muren hingen diverse ingekleurde gravures met heroïsche taferelen uit de napoleontische oorlogen.

In een hoek van de kamer zag ik de magere gestalte van een donkerharige man die daar bewegingloos als een wassen beeld stond. Zijn ogen waren wijd open en star, zonder leven. Even worstelde ik met mijn bewustzijn, en probeerde deze verschijning in een mogelijk onderdeel van de werkelijkheid te plaatsen. Toen knipperde de man met zijn ogen en wist ik het weer... dit was Erast en hij leefde. Dat betekende dat ik ook leefde en dat Erast bij me was, wat plotseling een erg bemoedigende gedachte was.

Omdat ik niet zijn aandacht wilde trekken sloot ik opnieuw mijn ogen. De pijn spatte onmiddellijk uiteen in mijn hoofd, maar nu begonnen fragmenten van bewustzijn te verschijnen in de donkere vloeistof. Ze dreven als stukjes los ijs in een herfstachtige rivier. Sommige bleven even aan elkaar vastzitten om kleine ijsschotsen te vormen, totdat de storm van pijn ze weer uiteenrukte.

Ik moet wachten, dacht ik onsamenhangend. Mijn geest zal vroeg of laat bevriezen. De stukken ijs beginnen steeds groter te worden.

Dat was waar. Ik merkte plotseling dat ik keek naar een zachte bruine beer, de favoriete knuffel uit mijn vroege kinderjaren, die langsdreef op een grote ijsschots van mijn bewustzijn. De beer keek me aan met zijn glanzende knoopjesogen, en lachte met zijn opgestikte rode mond. Hij was een lief vriendje van me geweest en ik strekte me naar hem uit met mijn denkbeeldige handen – om te ontdekken dat het beeld verdween en ik weer terugviel in de zwarte poel van pijn.

'Ik moet geduld hebben,' zei ik tegen mezelf, nog steeds

manoeuvrerend door de doolhof van kapot ijs in mijn hoofd. 'Ik ben in Parijs... of ben ik wel in Parijs? Nee, ik ben in Lausanne... maar waarom ben ik in Lausanne? Ik ben hierheen gekomen om iemand op te zoeken...'

Plotseling dook een scherp nieuw beeld uit de verwarring naar boven. Deze keer waren het een paar menselijke ogen die recht in die van mij keken, wijd open en intens. Die twee bleke grijze lichtbakens sneden recht door mijn hersenen naar de bodem van mijn ziel. Zo krachtig was het effect van die ogen dat ik perplex was. Maar uiteindelijk slaagde ik erin mezelf te bevrijden, en ging toen met grote moeite rechtop in bed zitten. Onmiddellijk was de pijn weer terug en deze keer verspreidde hij zich door de hele kamer.

'Erast!' wilde ik roepen. 'Erast!'

Maar mijn tong was zo droog, warm en gezwollen dat ik hem nauwelijks kon bewegen in mijn mond. Uiteindelijk produceerde ik niets anders dan een hees gefluister.

'E... rast...'

Erast knipperde met zijn ogen, kwam langzaam weer tot leven en liep naar mijn bed.

'Erast... waar is ze?'

'Wie?' vroeg Erast.

'Dat weet je wel, mijn Taya... Wat voor dag is het vandaag? Zondag?'

Erast nam een glas water van het nachtkastje en drukte dat tegen mijn lippen. 'Drinkt u maar wat water,' zei hij met onhandige tederheid. 'Water is goed... koel en fris.'

Hij hield mijn hoofd zacht vast terwijl ik een paar dorstige slokken nam, mijn tanden kletterend tegen het glas. Toen duwde ik de hand van Erast weg.

'Drink nog wat...' smeekte Erast me. 'U was vannacht weer erg ziek... erg, erg ziek. Zieker dan ooit eerder.'

Ik liet mijn hoofd achterovervallen op het kussen, plotseling totaal uitgeput. Opnieuw zweefden die bleke grijze ogen terug vanuit het niets om mij strak aan te kijken. Maar deze keer kon ik er niet van loskomen. Ze bleven me recht aanstaren. Mijn hoofdpijn was hevig, maar nu tamelijk onbetekenend naast dat nieuwe gevoel van wanhoop en knagende leegte dat plotseling mijn hele wezen overspoelde. Alleen als de pijn scherper kon zijn, dacht ik, een miljoen keer erger, dan misschien kon die deze ondraaglijke kwelling onderdrukken...

Ik klemde mijn tanden op elkaar totdat elk bot en elke spier in mijn mond het uitschreeuwden van de pijn. Ik sloot mijn oogleden met zo'n kracht dat ik rode cirkels alle kanten op zag schieten. Ik wilde mijn hersenen losmaken van alle gevoel van werkelijkheid, om terug te zinken in de duistere vergetelheid waaruit ik net was ontwaakt. Maar wat ik vooral wilde was me bevrijden uit de gevangenis van die ogen en hun bleke grijze starende blik.

Maar het was te laat. Het bewustzijn was in werking getreden, had bezit genomen van mijn hersenen en begon al opdrachten te geven. Gedachten begonnen als vreselijke maden door mijn hoofd te krioelen en er was geen manier om ze te stoppen. Het ene beeld na het andere drong zich op in mijn hoofd, stuk voor stuk onbarmhartig helder en levendig. Al snel begon de vreselijke opeenvolging van gebeurtenissen, te beginnen met het bezoek van de jonge baron aan mijn Parijse appartement, langs mijn netvlies te trekken in een afschuwelijke en triomfantelijke parade.

Erast en ik verlieten Parijs de volgende morgen al vroeg,

staken half Frankrijk door, gingen de Jura over bij Pontarlier en arriveerden tegen de avond in Lausanne. Ik liet Erast achter in het hotel, waar hij liever wilde blijven om mijn bezittingen in de gaten te houden, huurde een faëton en reed de twee of drie kilometer van de stad naar het huis van madame Von Lemberg. Uiteindelijk arriveerde ik bij de afgelegen villa aan de oever van het meer.

Een in het wit geklede vrouw, kennelijk een verpleegster, deed de deur open en vertelde me kortaf dat madame Von Lemberg niemand kon ontvangen. Maar toen ze mijn naam hoorde vroeg ze me aarzelend om binnen te komen. Ze liet me plaatsnemen in de zitkamer en vertrok toen om mijn komst aan te kondigen. De ruimte was conventioneel maar smaakvol ingericht met meubels bekleed met pastelblauw satijn en afgezet met goudgalon. Eerst was ik onder de indruk, maar langzaam veranderde dat in een somber gevoel toen ik een aura van rusteloosheid gewaarwerd in het huis. Mijn hele leven was ik al heel gevoelig geweest voor de sfeer die om mensen en dingen hing, hoewel ik mezelf ervan probeerde te overtuigen dat ze louter het product waren van een overactieve verbeelding. Maar hoe langer ik in de zitkamer van madame Von Lemberg was, hoe krachtiger de golven van angstige voorgevoelens opstaken en me vanaf alle kanten begonnen aan te vallen.

Buiten begon de dag langzaam te verdwijnen achter de verre bergen. Bleke schaduwen kropen door de kamer en verzamelden zich in de hoeken. Vanaf mijn zitplaats kon ik een levensgroot olieverfschilderij zien dat boven de open haard hing. Het was het portret van een opvallend mooie jonge vrouw – ongetwijfeld Taya's moeder toen ze jong was. De fysieke gelijkenis tussen de twee vrouwen was duidelijk. Dezelfde fijne gebeeldhouwde trekken, dezelfde stralende ogen, dezelfde gevoelige, licht gewelfde lippen met de suggestie van een glimlach die de mondhoeken raakte. Maar terwijl Taya's hele persoonlijkheid vriendelijkheid en charme uitstraalde, leek de vrouw op het portret een aura van ontembare wil en kracht uit te stralen. De schilder die dit portret had vervaardigd, had zijn onderwerp een stalen ziel gegeven.

'Madame Von Lemberg kan u nu ontvangen.'

Ik stond op en volgde de verpleegster de kamer uit. Mijn hart bonsde terwijl ik mezelf naar een moment van grote lotsbestemming zag gaan. Maar ik had me toch al voorbereid op deze ontmoeting vanaf de eerste dag dat ik Taya had leren kennen? We liepen door een schemerig verlichte gang naar de deur van madame Von Lembergs slaapkamer. De verpleegster opende die. In de kamer was het bijna donker; de stevig dichtgetrokken gordijnen sloten elk spoor van het verdwijnende daglicht hermetisch buiten. In de gloed van een flikkerend devotielampje kon ik nog net de witte vorm van een bed bij de muur onderscheiden. De lucht was warm en het rook er zwak naar medicijnen. In die tijd werden tuberculosepatiënten nog zorgvuldig beschermd tegen koude lucht en mogelijke plotselinge tocht.

'Ik zal even een lamp aandoen,' zei de verpleegster zacht.

Ik stond bij de deur terwijl de vrouw naar het tafeltje liep dat het dichtst bij het bed stond en daar begon te rommelen met een lamp.

'Goedenavond, Sjota...'

Het was Taya's stem. Mijn hart sprong op. Maar ook al had die stem dezelfde warme, melodieuze klank, tegelijkertijd klonk die heel zwak, alsof het geluid vanachter een muur kwam. Even keek ik om me heen om te kijken of ik Taya ergens zag, maar natuurlijk was ze nergens te bekennen.

'Kom eens hier...'

De stem kwam uit de richting van het bed. Ik deed wat aarzelende stappen erheen, net toen er een heldere vlam uit de lont van de lamp schoot en er een lichtflits door de kamer schoot.

Toen zag ik madame Von Lemberg.

Ik zal nooit die eerste indruk vergeten. Leunend tegen een zorgvuldig gerangschikte berg witte kussens zag ik het hoofd van de vrouw die ooit had geposeerd voor dat portret in de zitkamer. Maar elk spoor van die triomfantelijke, krachtige schoonheid was verdwenen. De vernietigende werking van de ziekte had elk spoor van kleur aan dat gezicht onttrokken, en zo volledig dat het bijna transparant leek. Ik vond het moeilijk te begrijpen welke kracht deze dode vrouw nog in leven hield... of het moesten die ogen zijn. Enorm en buiten alle proporties voor dat smalle weggekwijnde gezicht keken ze me brandend aan, als twee vlammende kaarsen. Ze bezaten een bleke grijze intensiteit en ze leken niet zozeer naar een voorwerp te kijken, als wel er dwars doorheen te dringen. Nu was ik dat voorwerp, en plotseling voelde ik me erg slecht op mijn gemak onder die scherpe blik. Ik zou er veel voor over hebben gehad als ik weg had kunnen lopen, maar haar ogen hielden me stevig in een niet-aflatende greep.

'Laat ons alleen, Anne,' zei ze tegen de verpleegster, zonder haar ogen van mij af te wenden.

Ik kon horen hoe de verpleegster achter me wegliep. Het

zachte gekraak van de deur vertelde me dat madame Von Lemberg en ik nu fysiek alleen in de kamer waren. Ik zeg 'fysiek' omdat ik daar bij ons nog een andere aanwezigheid kon voelen – de Engel des Doods. Zijn bestaan was zo manifest en sterk dat er koude rillingen langs mijn ruggengraat omlaag begonnen te lopen.

'Sjota,' sprak ze langzaam, 'ik wil je graag bij je voornaam noemen, omdat we verre van vreemden zijn voor elkaar. Er is iets groots en kostbaars dat ons verbindt – onze wederzijdse liefde voor Taya en niets, hoor je mij, niets mag die liefde of Taya's geluk in de weg staan.'

Haar stem was laag, in feite nauwelijks hoorbaar, maar hij bevatte toch nog een dusdanig felle en vastberaden overtuiging dat ieder woord dwars door me leek te snijden als witheet staal. Het effect werd ook nog eens verdubbeld door de aanwezigheid van die twee doordringende ogen en de eis dat geen woord of lettergreep mocht worden genegeerd.

'Luister goed, Sjota. Taya's welzijn en Taya's geluk zijn de enige twee dingen die ertoe doen. Al het andere is secundair en onbelangrijk. Ik wil niet sterven in de wetenschap dat haar toekomst in gevaar is. Ik wil dat je dit weet en begrijpt.'

Ze sprak alsof ze de absolute controle over de tijd en over haar eigen dood had, en alsof ik geen enkel recht had om welke van haar woorden ook in twijfel te trekken. Toen begreep ik ineens volkomen wat haar zo lang in leven had gelaten – een fanatieke, zo niet ziekelijke liefde voor haar dochter. Ze was vastberaden om de niet-aflatende bewaakster van elke stap van haar dochter te zijn, zolang bescherming noodzakelijk was.

'Ja,' zei ik.

'Goed! Dan zul je ook begrijpen dat ik nooit zal toestaan dat jij en Taya met elkaar zullen trouwen.'

Die zin trof me zo hard dat het even helemaal zwart werd voor mijn ogen. Maar zelfs binnen die zwartheid bleven de twee bleekgrijze ogen me fanatiek aanstaren. Ze leken steeds groter te worden, totdat ze mijn hele netvlies vulden. Ik deed nog een laatste wanhopige poging om me te bevrijden.

'Waarom?' vroeg ik.

'Omdat je ziek bent.'

'Dat ben ik niet,' protesteerde ik. 'Mijn dokter zegt dat mijn ziekte volledig tot stilstand is gekomen.'

'Die zal opnieuw toeslaan.'

'Dat zal niet gebeuren!'

'Hoe weet jij dat? De ziekte kan je morgen weer treffen en ook nog eens Taya's dood worden. Is dat soms wat je wilt? Geef antwoord.'

Haar woorden waren hartstochtelijk en wreed en hadden zo'n kracht dat mijn wil er plotseling door werd gebroken. Ons korte duel was voorbij. Haar blik hield me vast alsof ik in een bankschroef zat en leek gaten te boren in mijn hersenen, waar ze haar woorden één voor één doorheen duwde.

'Er is geen ontsnapping mogelijk, en ik kan het weten. Dertig jaar geleden werd ik genezen verklaard door elke specialist in Europa. Nu ben ik ten dode opgeschreven. Jij denkt dat je het nu goed maakt. Maar de ziekte zal je opnieuw treffen, snel en verraderlijk op een moment dat je dat het minst verwacht. En zelfs als jij gespaard blijft, dan zal die je kinderen en je kleinkinderen treffen, en ellende en dood in andere levens brengen. Nee. Jij zult mijn Taya nooit, nooit meer aanraken.'

Tot op de dag van vandaag begrijp ik niet de macht die deze stervende vrouw op mij wist uit te oefenen. Maar wat het ook was, het verpletterde me volkomen. Alle argumenten en protesten die zich in mijn geest aan het vormen waren, werden ontkracht. Plotseling geloofde ik dat ze gelijk had: dat tuberculose een erfelijke ziekte was; dat ik ten dode opgeschreven was en een egoïstische schoft was omdat ik geprobeerd had mijn eigen tragedie te laten overgaan op de vrouw van wie ik hield. Maar hier dient wel te worden opgemerkt dat er in die tijd allerlei misvattingen waren over tuberculose. De ziekte werd gevreesd en beschouwd als fataal, en bij veel mensen was die omgeven door bijgeloof en angst. Misschien verklaart dat waarom de woorden van madame Von Lemberg, toen die met zo veel kracht en magnetisme werden geuit, erin slaagden me zo totaal te overweldigen. Ze deden ook angst voor Taya's gezondheid in mij ontwaken, waar ik tot dan toe niet bij stil had gestaan. En dat was waarschijnlijk mijn ondergang.

Toen ze mijn zwakte voelde ging ze meedogenloos verder.

'Je zult nooit met Taya trouwen. Je zult niet met haar trouwen omdat ze nooit tegen mijn wensen in zou gaan, en ook omdat je echt van haar houdt. Ik vraag je niet om op te houden van haar te houden. Ik weet dat dat onmogelijk is. Ik vraag je niet om haar te vergeten. Ook dat ligt buiten je macht. Maar ik vraag je wel in de naam van God en jouw liefde dat je haar een gelukkig leven wilt laten leiden, zonder dat je daar ellende aan toevoegt. Die heeft ze al genoeg meegemaakt. Het is geen gemakkelijk verzoek, maar je moet en zult ermee instemmen, Sjota, omdat dat het enige is wat je kunt doen voor een zuiver geweten, en je je tegenover God zult moeten verantwoorden. Ik ben nu dicht bij Hem, heel dichtbij, en ik weet dat Hij jou op dit moment gadeslaat. Hij wacht totdat jij je antwoord zult geven aan een stervende moeder.'

Haar woorden verpletterden mijn wil volledig, en leken me toen te vervullen met een vreemde vervoering en de kracht om de doem die me te wachten stond, moedig onder ogen te zien.

'Hij wacht op je, Sjota.'

Het was die nieuwe innerlijke kracht die sprak toen ik mijn lippen uiteindelijk dwong om te bewegen.

'Ik ben er klaar voor,' zei ik.

Haar ogen priemden door me heen als ijzeren naalden.

'Kniel neer.'

Dat deed ik, nu volledig in haar macht.

'Herhaal nu mijn woorden. Op mijn erewoord en in aanwezigheid van God beloof ik hierbij om Taya's leven en geluk te respecteren door voorgoed uit haar leven te verdwijnen en niet te proberen haar weer te zien, voor zolang zij of ik in leven zijn.'

Ik herhaalde deze plechtige belofte woord voor woord, en schrok van de doodsheid in mijn stem. Hoewel ik wist dat mijn leven welbeschouwd nu voorbij was, kon het me niet langer schelen.

'Je mag nu opstaan.'

Ze was niet langer in gesprek met mij. Ze zei me simpelweg wat ik moest doen en ik volgde haar bevelen. Ik stond op en keek in haar ogen.

'Morgenochtend ga je weg, Sjota, naar een plaats waar niet het gevaar aanwezig is dat je Taya nog zult ontmoeten. Maar voordat je gaat moet je haar een brief schrijven. In die brief moet je haar vertellen dat jouw liefde een vergissing was; dat je haar ontslaat van al haar beloften aan jou; dat je haar vraagt om jou te vergeten en dat ze geen pogingen moet doen om je nog te zien. Je gaat die brief niet in Lausanne op de post doen, maar ergens anders, omdat onze ontmoeting van vanavond een geheim moet blijven voor wat Taya betreft. Dat is gemakkelijker voor iedereen en dat zal haar de kans geven om sneller vrede en geluk te vinden dan als we het op een andere manier zouden doen. Ben je dat met me eens?'

'Ja,' zei ik. Het kon me niet langer schelen wat ik zei of deed. Het enige wat ik wilde was deze kamer ontvluchten en die ogen nooit meer zien.

Langzaam ging ze rechtop zitten in bed – een verschrikkelijk zware opgave voor haar – en toen zegende ze me met het teken van het kruis. Ergens diep in mijn ziel verafschuwde ik die zegening, maar toch bleef ik gehoorzaam en bewegingloos staan alsof ik vastgenageld zat aan de grond.

'Als de nabijheid van de dood iemands zegeningen extra kracht geeft,' zei ze langzaam alsof ze een gebed oplas, 'dan geef ik je alles wat ik heb, Sjota. Ik zegen je om je grote liefde voor Taya en ik bid dat God je troost en bemoediging zal geven in je beproeving. God zegene je, Sjota.'

Ze zonk volkomen uitgeput terug in haar kussens en voor het eerst sloot ze haar ogen. Pas toen merkte ik dat ik nat was over mijn hele lichaam. De boord van mijn overhemd was doorweekt en druppels transpiratie gleden langs mijn gezicht. Ik liep achteruit weg in de richting van de deur, vond de deurknop en glipte de kamer uit. Ik zocht tastend mijn weg door de donkere gang en slaagde erin het huis uit te komen. De verpleegster probeerde nog met me te praten, maar ik begreep geen woord van wat ze zei.

De faëton stond nog buiten te wachten, met de koetsier vredig in slaap. Ik legde wat geld naast hem op de zitting en liep weg. Ik wilde alleen gelaten worden en liep de weg af, starend naar de verre lichten van de stad die flikkerden over het donker wordende oppervlak van het meer. Toen stopte ik. Even rees een protest, wild als een waterhoos, op in mijn ziel. Ik voelde een plotselinge aandrang om terug te rennen en mijn belofte terug te eisen van madame Von Lemberg. Ik wilde haar vertellen dat haar eisen uiterst onredelijk, onmenselijk en onmogelijk waren. Bittere woorden flitsten door mijn geest. Maar dat duurde maar kort. Toen verschenen de bleekgrijze ogen weer vanuit het niets en mijn opstandigheid verdween helemaal. Opnieuw nam een vreemde macht bezit van me en werden mijn voeten weggeduwd van dat huis, van die plek waar ik alles had achtergelaten wat me het liefst was in het leven.

Ik liep een hele tijd, mijn geest en ziel leeg. Geen gevoelens, geen gedachten, alleen eindeloze doffe pijn. Ik moet vele uren hebben gedwaald, want toen ik eindelijk stopte had ik het punt van totale uitputting bereikt en voelden mijn benen verdoofd aan. Ik keek om me heen. De straat was donker, op de lichten van een klein café na die glinsterden vanaf de andere kant van de weg. Het geluid van muziek zweefde naar buiten vanachter de gesloten deur. Ik had er wanhopig behoefte aan om te gaan zitten en te rusten, om niet op straat in elkaar te zakken. Ik sleepte me daarom over de straat naar de deur van het café. Op dat late uur was de kroeg bijna verlaten. Twee of drie mannen zaten in donkere hoeken te peinzen boven hun drank. Twee geliefden, een jonge man en een onopvallend meisje, zaten in een stevige omhelzing verstrengeld, zonder zich nog bewust te zijn van de wereld om hen heen. De muziek kwam van een concertina die werd bespeeld door een Italiaan met behendige vingers en een droevige hangsnor. Op dat moment speelde hij met veel gevoel een sentimenteel Napolitaans liefdesliedje. Kaarsen brandden op de tafeltjes en wierpen dansende schaduwen door het lokaal.

Ik ging aan een tafeltje bij de deur zitten en staarde naar de kaarsvlam terwijl die omhoogkwam en weer daalde, als de snelle reverences van een meisje dat op haar eerste bal arriveert. Het duurde even voordat ik de eigenaar in de gaten had, die met zijn enorme, goedmoedige buik tegen de tafelrand gedrukt stond.

'Wat wilt u drinken, monsieur?'

Ik haalde een gouden munt tevoorschijn en legde die op tafel.

'Ik wil graag wat papier en een pen.'

De eigenaar trok zijn wenkbrauwen op. 'Ah, monsieur is een dichter. De edele dichtkunst. Ik heb mijzelf ooit overgegeven aan zowel de muze Thalia als Erato...'

'Dat is mooi,' zei ik ellendig. 'Pak alsjeblieft het geld en laat me alleen. Ik ben erg moe.'

De dikke dichter pakte de munt op en liep weg. Ik bleef nog een tijdje zitten staren naar de reverences makende vlam. De oude muzikant beëindigde zijn lied en begon een volgende, net zo sentimenteel. Al snel kwam de eigenaar terug met potlood en papier, samen met een klein glas waarin een groene drank zat.

'Niets inspireert zo goed als een glas goede absint,' zei hij met professionele flair.

'Dank u wel.'

Hij liep weg en pas toen herinnerde ik me waarom ik papier had gevraagd. Het zorgde voor nieuwe heftige opstandigheid in mijn ziel. Maar ook deze uitbarsting werd snel onderdrukt door de gedachte aan de ogen van madame Von Lemberg. Ik begon de woorden 'Lieve Taya,' op te schrijven, maar streepte die meteen weer door. Ik probeerde het telkens opnieuw, maar merkte dat ik niet in staat was om ook maar één zin op papier te krijgen.

Mechanisch nipte ik van de drank met zijn zoete smaak en lucht van alsem. Ik vond het niet erg lekker en zette het lege glas neer, maar voelde toen ineens hoe er warme golven door mijn lichaam schoten. Daardoor leek de pijn iets minder te worden. Ik bestelde een volgend glas. De kroeg werd al snel vrolijker, de muziek aangenamer en ik begon het gevoel te krijgen alsof er zwermen bijen door mijn hoofd zoemden. En plotseling was de pijn bijna verdwenen.

Ik bestelde nog een glas. Deze keer bracht de eigenaar me een halfvolle fles en zette die voor me neer. Perfect; nu zou ik met rust worden gelaten. Ik voelde me ineens moediger en begon opnieuw aan mijn brief, en deze keer kwamen de woorden gemakkelijker. Na nog een paar valse starts en aardig wat drankjes was de brief klaar. Ik las hem nog eens door.

'Lieve Taya,' stond er. 'Ik ben weg uit Parijs en ben uit je leven verdwenen, omdat het Gods wil is dat we elkaar in dit leven nooit meer zullen zien. Ik smeek je om te vertrouwen op de wijsheid van zijn oordeel en je er met eerbied en nederigheid aan te onderwerpen. Uit naam van onze onsterfelijke liefde smeek ik je om niet op zoek te gaan naar mij in ons huidige sterfelijke bestaan, maar verder te leven zonder bitterheid of spijt, in de wetenschap dat het maar een vluchtig moment is op de tijdloze weg die voor ons ligt, en dat als onze tijd komt om aan een nieuwe reis te beginnen, ik op je zal wachten met al mijn liefde. Maar tot dat moment, laat Gods wil geschiede op aarde alsook in de hemel. Sjota.'

Ik stak de brief in mijn zak en voelde me vreemd opgelucht. Toen dronk ik de fles leeg. Of... was het een volgende fles die ik leegdronk en was ik in een andere kroeg... Want na die avond in die kleine kroeg volgden er nog vele flessen en vele andere kroegen.

De volgende morgen verliet ik Lausanne, maar waar ik ook heen reisde, mijn verdriet en pijn volgden me trouw. Er volgden nachten en dagen, flessen en barstende hoofdpijn, toen nieuwe nachten en dagen, nieuwe flessen en nieuwe hoofdpijn. Mijn leven werd nachtmerrieachtig maar gelukkig onwerkelijk, en eeuwig doortrokken van die zoetige groene drank. Alleen absint leek me van mijn pijn te kunnen verlossen en uit mijn geest de aanwezigheid van die bleke grijze ogen te kunnen verdrijven. Toen begon de tijdsvolgorde geleidelijk te verdwijnen. Dagen werden nachten en nachten dagen, altijd vergezeld door mijn trouwe Erast, die me smeekte om te stoppen met drinken. Ik wist nog van hortende treinritten, tochtige hotelkamers, nieuwe flessen en nieuwe hoofdpijn, met periodes van gelukzalige zwartheid ertussenin. Ik wijdde mijn hele leven aan de jacht op die periodes van zwarte vergetelheid.

'...Prins Sjota... O, prins Sjota...'

Iemand schudde me zacht aan een schouder, waardoor er

golven van pijn door mijn hoofd schoten. Boos opende ik mijn ogen en ik zag het gezicht van Erast tegen het plafond.

'Geef me iets te drinken,' zei ik.

'De dokter is er,' zei Erast bijna schuldig.

Ik duwde mezelf omhoog op mijn elleboog, om kort te worden verblind door een nieuwe en plotselinge aanval van hoofdpijn. Toen de pijn wegtrok en de mist voor mijn ogen was verdwenen, realiseerde ik me dat ik in dezelfde hotelkamer lag als daarvoor. Alleen waren de gordijnen nu opengetrokken en zag ik stukken roze wolken langs de hemel drijven.

'Hoe voel je je, jongen?'

Ik herkende dokter Bauer, dezelfde geweldige dokter Bauer die ik al kende sinds mijn jeugd en op wie ik dol was. Ik vond hem altijd op koning Hendrik VIII lijken. Hij was een grote, joviale man met een zwarte, korte baard rond zijn vlezige gezicht en een dikke bril met een zilverkleurig montuur die laag op zijn neus stond. Hij zat op de stoel naast mijn bed. Zoals gewoonlijk droeg hij een zwarte geklede jas, grijze broek en laarzen met elastische zijkanten, met op zijn gezicht een uitdrukking die een mengeling was van medische ernst en eindeloze vriendelijkheid.

Even begreep ik niet hoe het mogelijk was dat dokter Bauer hier in deze kamer kon zitten. Toen kwam er plotseling een flits van herinnering. Mijn hersenen hadden met vlagen gewerkt sinds ik aan de absint was geraakt. Ik herinnerde me dat dokter Bauer een tijdje geleden naar Monte Carlo was gekomen, na een paniekerig telegram van Erast. Hij had het adres van de dokter aangetroffen tussen mijn correspondentie en was erin geslaagd een telegram op te stellen in zijn wonderlijke mengeling van Mingrelisch en

Frans. In elk geval was de goede dokter gekomen om me te onderzoeken en had dat daarna bijna elke dag gedaan – tot mijn ergernis.

Nu merkte ik dat ik me opnieuw ergerde.

'Ik voel me vreselijk,' vertelde ik hem naar waarheid.

'Heb je gisteravond weer gedronken?'

'Ja, dokter,' zei ik geïrriteerd. 'Dat heb ik gedaan en dat zal ik weer doen. Bovendien ben ik er volkomen gelukkig mee.'

'Je richt jezelf te gronde, mijn vriend,' zei de dokter vlak. Hij was er heel goed in om zijn mening op kleurloze en emotieloze wijze te uiten. 'Je bent je zenuwstelsel aan het verwoesten.'

'Veronderstel dat dat zo is... ik drink niet voor mijn gezondheid, dokter. Ik waardeer uw belangstelling voor mij en ik ben u erg dankbaar voor alles wat u hebt gedaan, maar het heeft geen zin om te doen alsof. Ik weet wat ik aan het doen ben en ik vraag niet om medische zorg. Ik ben mijn eigen dood aan het bespoedigen, omdat ik niet anders kan. Ik ga sinds mijn geboorte gebukt onder een ongeneeslijke ziekte en ik zie het nut er niet van in om te proberen mijn bestaan te verlengen met kunstmatige middelen.'

Dokter Bauer deed zijn bril af, haalde een grote zakdoek tevoorschijn, en ging toen uitvoerig zijn bril poetsen. Deze zuiver mechanische handeling was de routine die de dokter altijd volgde als hij werd geconfronteerd met een psychologische ziekte of afwijking.

'Je hebt op dit moment geen ziekte,' zei hij vriendelijk. Toen, na een moment van overpeinzing, voegde hij eraan toe: 'Wie heeft je verteld dat tuberculose ongeneeslijk is? Als dat zo is, dan heb ik heel wat jaren van mijn leven verdaan.'

De pijn in mijn hoofd stopte plotseling.

'Is dat dan niet zo?'

'Niet volgens de laatste medische onderzoeken. De ongeneeslijkheid van tuberculose is weerlegd, net zoals de zogenaamd erfelijke eigenschappen.'

'Dat kunt u niet menen, dokter...' fluisterde ik.

'Je test is negatief. Dat bewijst zonder ook maar de geringste twijfel dat er nergens in je gestel tuberculeuze processen gaande zijn.'

'Maar de test kan fout zijn... Ja, die kan helemaal fout zijn...' zei ik, ontzet door zijn woorden.

De dokter beademde zijn brillenglazen en begon opnieuw te poetsen, en weigerde zich te laten storen.

'De tuberculinetest van Koch is nu aanvaard door de medische wereld als het betrouwbaarste instrument bij de diagnose in alle stadia van ftisis. Dat is punt één. Punt twee is de klinische manifestatie. In jouw geval is dat volkomen duidelijk. Je bent zwaarder geworden sinds je reis naar huis; je hart is goed en je longen zijn vrij van welke gezwellen of ontstekingen ook. Dit is vooral opmerkelijk gezien de, laten we zeggen, ongezonde levensstijl die je er de laatste tijd op na hebt gehouden. Dit alles bewijst tamelijk afdoend dat we in jouw geval een onmiskenbaar voorbeeld hebben van volledige genezing. Het is niet alleen maar een gestopte ontwikkeling, zoals ik hiervoor dacht, maar een daadwerkelijke genezing. Je bent nu zo gezond als welke man onder de zon ook.'

De kamer begon te draaien voor mijn ogen. 'Maar dokter... de ziekte kan me opnieuw treffen, of niet soms?'

De dokter keek naar me door zijn volkomen schone bril, haalde die toen opnieuw van zijn neus en begon weer te poetsen.

'Dat zou kunnen,' stemde hij filosofisch in, 'maar de kans dat je de ziekte opnieuw krijgt, is in jouw geval niet groter dan voor welk mens ook met een doorsnee gezondheidstoestand. In feite kan die zelfs kleiner zijn. Jouw constitutie heeft op een tamelijke opmerkelijke manier bewezen dat die in staat is om tuberculeuze processen het hoofd te kunnen bieden, en...'

Maar ik luisterde niet meer. In plaats daarvan sprong ik zo vlug uit bed dat ik de bril recht uit de handen van de dokter sloeg. De bril vloog door de kamer, maar belandde gelukkig onbeschadigd op een gecapitonneerde stoel. Met nog eens twee energieke sprongen bereikte ik de aangrenzende badkamer, waar ik naar mezelf keek in de spiegel – geen prettig gezicht. Een stoppelbaard van een paar dagen moest dringend worden verwijderd en ik had donkere wallen onder mijn ogen. Maar de hoofdpijn was spoorloos verdwenen en ik had me mijn hele leven nog nooit zo energiek gevoeld.

'Erast!' riep ik met een stem die maakte dat de hangers van de kroonluchters trilden. 'Mijn scheermes en kwast... snel! En begin alles te pakken... We storten ons met volle kracht weer in het leven!'

Die arme Erast moest hebben gedacht dat het groene gif eindelijk zijn vernietigende werk had gedaan. Behoedzaam overhandigde hij me mijn scheermes en toen trok hij zich duidelijk verbijsterd terug in de deuropening, waar hij stond toe te kijken hoe ik energiek het glimmende mes heen en weer haalde over de scheerriem.

'Misschien wilt u iets te drinken?' vroeg hij.

'Nee. Maar neem zelf gerust iets.'

Erast sloeg een kruis en stapte naar voren in de kamer.

Nu begreep hij de verandering in mijn geestelijke gesteldheid. Ik zeepte mijn gezicht in en begon te scheren. Intussen nam dokter Bauer de plaats van Erast in de deuropening in, en probeerde tevergeefs een normaal gesprek op gang te brengen.

'Hoe dan ook, mijn vriend, ik adviseer je sterk om minder te gaan drinken...'

'Ik wil geen fles meer zien zolang ik leef! Welke dag is het vandaag?'

'De veertiende. Het is onomstotelijk bewezen dat alcohol...'

'Van welke maand?'

'Mei... de weerstand van het gestel vermindert, evenals...'

'Dan is Taya al van school af... Erast! Ren naar beneden en vertel ze dat ze een compartiment voor ons moeten reserveren in de trein naar Lausanne!'

'...dat het de hersencellen aantast, de haarvaten verstopt en...'

Ik greep dokter Bauer zo onverwacht en ruw bij zijn schouders dat zijn bril naar de punt van zijn neus gleed.

'En u gaat met me mee, dokter! We gaan naar een stervende vrouw die met haar waanideeën het leven van haar eigen dochter aan het verwoesten is! U gaat haar alles uitleggen, koel en wetenschappelijk. Ze zal het begrijpen omdat ze van haar dochter houdt en omdat ze het slachtoffer is van afschuwelijke verkeerde informatie. Maar we moeten ons haasten omdat, behalve als ze mij ontslaat van mijn belofte, ik hopeloos gebonden zal zijn en niet in staat zal zijn een grote tragedie af te wenden voor twee mensen die hopeloos verliefd zijn... Erast!' brulde ik, toen ik zag dat hij nog steeds op de achtergrond rondhing. 'Heb je niet gehoord wat ik zei? Drie expreskaartjes naar Lausanne... binnen drie minuten. Eén... twee... drie... haast je!'

Erast schoot de kamer uit. Er volgde het luide geroffel van voeten terwijl hij de trappen afrende.

9

De baron

We arriveerden in Lausanne terwijl het stortregende. De hemel was loodgrijs en een gure wind sloeg ijskoude regenvlagen tegen bomen en gebouwen. Niets wees erop dat het lente was. Het weer leek een sprong te hebben gemaakt naar november.

We lieten Erast achter in het hotel, namen een rijtuig en reden naar de villa van madame Von Lemberg in de voorstad. Dokter Bauer zat koud en oncomfortabel in zijn lange zwarte overjas naast me, maar ikzelf merkte niet eens wat voor weer het was. Al mijn gedachten waren geconcentreerd op Taya en de ophanden zijnde ontmoeting met haar moeder. Nu was ik niet bang meer voor die ontmoeting, voor madame Von Lemberg, haar ogen of haar mysterieuze krachten. Ik was er helemaal klaar voor om alles het hoofd te bieden.

Het was heel goed mogelijk dat Taya nu ook in Lausanne was. Ik was echter nog steeds gebonden door mijn woord van eer om haar niet meer te zien. Om die reden besloten we dat dokter Bauer als eerste naar binnen zou gaan om met madame Von Lemberg te praten en haar uit te leggen dat al haar angsten over mijn gezondheid ongegrond waren. Intussen zou ik in het rijtuig wachten, klaar om me op het juiste moment bij hen te voegen. Daarna zouden we nooit meer op de kwestie terugkomen.

De gedachte dat ik Taya weer zou zien, misschien over een paar minuten, vulde mijn hele wezen met een tintelende verwachting. In mijn geest beleefde ik nog eens al onze heerlijke tijden samen, waardoor ik niet in de gaten had dat ons krakende rijtuig tot stilstand was gekomen voor het huis van madame Von Lemberg.

'We zijn er,' zei dokter Bauer, die zijn natte overjas dichtknoopte.

'Herinnert u zich nog alles wat u moet zeggen, dokter?' vroeg ik nerveus.

'Ja.'

'Veel succes.'

De dokter opende het portier en stapte uit. Ik veegde het bewasemde raam van de koets met mijn mouw schoon en keek hoe hij door de blubber naar het hek liep. Dat bleek niet op slot te zitten, zodat hij regelrecht naar het voorportaal kon gaan. Toen hij zich uitstrekte naar de bel, bonkte mijn hart. Zo meteen zou er iemand opendoen: de verpleegster, of misschien zelfs Taya zelf. Er gingen seconden voorbij en dokter Bauer bleef in het portaal staan met zijn handen in zijn zakken. Toen strekte hij zich opnieuw uit naar de bel, maar nog steeds kwam er niemand. Uiteindelijk keek de dokter van zijn stuk gebracht om zich heen.

Ik kon niet langer in het rijtuig blijven zitten, sprong eruit en liep haastig naar de dokter toe.

'En?' vroeg ik.

'Er wordt niet opengedaan,' zei hij, terwijl hij me aankeek

door zijn bril, die nu echt eens goed gepoetst moest worden. 'Misschien slapen ze nog. Het is nog heel vroeg...'

Hij wees naar de ramen. Alle gordijnen waren stevig dichtgedaan, dus toen trok ik zelf aan de deurbel en hoorde die binnen klingelen. We wachtten wat een eeuwigheid leek te zijn. Geen reactie. Ik belde telkens opnieuw. Een kille angst begon omhoog te komen in mijn lijf.

'Kom,' zei ik.

We liepen om het huis heen, ploeterend door de modder, en vonden uiteindelijk de achteringang. Ik probeerde de deurklink. De deur was op slot, maar omdat er daar geen bel was, klopte ik met mijn knokkels op het glas, steeds harder. Nog steeds deed er niemand open.

'Misschien zijn ze er niet...' opperde de dokter.

'Hoe kunnen ze er niet zijn, als madame Von Lemberg bedlegerig is?' wierp ik scherp tegen, alsof de dokter zelf de oorzaak van deze onaangename situatie was.

Ik hervatte mijn gebonk.

'Wat wenst u, monsieur?'

De stem die ons aansprak kwam recht achter onze ruggen vandaan. We draaiden ons om en zagen een oude man staan die een oude cape droeg. Hij stond op het pad van kinderkopjes dat door de achtertuin naar het bediende-verblijf leidde. Hij kauwde op de steel van een niet aangestoken pijp die uit zijn mond stak.

'We willen madame Von Lemberg spreken.'

De man deed een hopeloze poging om zijn pijp weer aan te steken in de regen. Toen hij eindelijk doorhad dat dit onmogelijk was, propte hij de pijp in zijn zak.

'U bent op de verkeerde plek,' informeerde hij ons laconiek.

'Dit is toch haar villa...' protesteerde ik.

'Dat klopt, monsieur, maar ze is niet langer hier.'

'Wat bedoelt u?' vroeg ik tamelijk dom.

'Ze is overleden.'

Alles in mij werd verdoofd. Woedende gedachten flitsten door mijn geest. Dit was een vreselijke, misschien zelfs noodlottige complicatie. Hoe kon ik er nu voor zorgen dat ik ontheven werd van mijn plechtige belofte? Hoe kon ik naar Taya gaan en alles uitleggen? Toen hoorde ik de stem van dokter Bauer. Die leek van ver te komen.

'Wanneer is ze gestorven?'

De oude man dacht na over de vraag, en begon toen op zijn vingers te tellen en te mompelen. 'Dat moet een dag of tien geleden zijn geweest... misschien elf. Ze stierf op de dag nadat haar dochter was getrouwd.'

De bril van de dokter gleed van zijn neus en viel in een plas. Hij deed geen poging hem op te rapen.

'Het huwelijk werd voltrokken in de kamer van madame Von Lemberg...' vervolgde de bewaker, die de bril opraapte. 'Alleen de priester, de bruid en de bruidegom. Uw bril, monsieur.'

'Met wie is ze getrouwd?' vroeg dokter Bauer, die mechanisch de bril aanpakte.

'Ik heb haar nieuwe naam en adres binnen. Ze zijn gisteren naar Parijs vertrokken en gaven me het adres, voor het geval er nieuwe huurders zouden komen. Wacht u even hier...'

Hij liep naar het bediendeverblijf. Pas toen drong de volle omvang van de ramp tot me door, en met verpletterende hevigheid. Ik voelde hoe mijn knieën het begaven en greep de natte jasmouw van dokter Bauer vast.

'Laten we gaan,' zei ik, en ik deed een bovenmenselijke inspanning om mezelf te beheersen.

'Wacht,' mompelde de dokter, die de regendruppels van zijn wimpers knipperde. 'Je kunt haar schrijven...'

'Alstublieft... alstublieft, dokter!'

Ik trok aan hem en hij volgde me, enkeldiep door de modder wadend. We ploeterden terug naar de wachtende koets en reden weg voordat de oude man terug kon keren.

Onze menselijke psychologie is beslist onvoorspelbaar, want op dat moment was het enige wat me dwarszat de gedachte dat Taya nu een andere naam droeg. Dat leek volkomen monsterachtig, en het vervulde me met een blinde woede die zo krachtig was dat alle andere gedachten en emoties erdoor werden verbannen.

Dokter Bauer zat bijna net zo aangeslagen naast me. Hij leek zich te schamen over zijn onvermogen om mijn pijn op welke manier dan ook te verlichten. Hij was een man die zijn hele leven te maken had gehad met menselijk lijden, maar altijd met de fysieke vorm. Daarvan kende hij tenminste de oorzaak en de eigenschappen. Maar met mij werd hij geconfronteerd met iets wat de medische wetenschap kon verklaren – een acute kanker van de ziel, waarschijnlijk de meest ellendige van alle menselijke aandoeningen.

Uiteindelijk werd de stilte in ons hortende rijtuig zo verstikkend dat hij het niet langer kon verdragen.

'Misschien moet je naar haar toe gaan...' waagde hij aarzelend.

'Waarom?' vroeg ik scherp.

'Om het uit te leggen...'

'Wat uit te leggen?'

'Ik weet het niet...'

'Stop!' riep ik tegen de koetsier. We waren nu aan de rand van de nu volkomen troosteloze en van regen doortrokken stad gekomen. Het rijtuig ging naar de stoeprand en stopte. Ik opende het portier, klom eruit en wierp een snelle blik op dokter Bauer. Hij zag er zo terneergeslagen en hulpeloos uit dat ik ondanks mijn eigen ellende even medelijden met hem had.

'Het komt wel goed met me,' zei ik tegen hem.

Zijn ogen waren kleurloos en hij keek ongelukkig van-achter zijn met modder bespatte glazen.

'Je zult weer gaan drinken...' zei hij gekweld.

'Dat weet ik niet,' zei ik.

'Zal ik met je meegaan?'

'Nee.'

'Alsjeblieft, Sjota. Ik zal niets zeggen. Dat beloof ik.'

'Nee, dokter. Ik moet een poosje alleen zijn. Ga naar huis en zeg niets tegen Erast. Hij zou het zich veel te veel aan-trekken.'

Ik sloeg het portier dicht en begon te lopen. Het rijtuig volgde me tot het einde van de straat en reed toen door. Uiteindelijk verdween het in een nevel van regen.

Ik liep eindeloos. De tijd hield op te bestaan en alles om me heen verloor zijn betekenis. Het duurde niet lang of mijn overjas, overhemd en ondergoed waren doorweekt en ik voelde hoe het vijandige koude water langs mijn lichaam gleed, tot het langzaam in mijn schoenen liep. Maar ik bleef lopen. De hemel werd vuilbruin en de lichten achter de ramen werden ontstoken. Nog steeds bleef ik lopen. Het voelde aan als een instinctieve, zij het hopeloze poging van het lichaam om zich los te schudden van zijn eigen aange-taste ziel, voordat het gif van de sterfelijkheid uiteindelijk zou komen en ons allebei zou doden.

'Kijk uit!'

Ik draaide me om, ving een glimp op van een enorm en grotesk paardenhoofd dat op me afkwam als een lawine. Toen volgde een harde botsing; grote aantallen heldere vonken – en tot slot een complete, onmetelijke en alles-overheersende duisternis.

Een ambulance bracht me naar het stadsziekenhuis en dokter Bauer werd meteen ontboden. Ik arriveerde daar bewusteloos, maar zonder gebroken botten. Toen ik de volgende dag nog niet bij bewustzijn was gekomen en mijn temperatuur begon op te lopen, besloot dokter Bauer me over te plaatsen naar de privékliniek van een vriend van hem – een zekere dokter Maurice Verne in de stad Vevey, op zo'n vijftien kilometer vanaf Lausanne. Daar, geassisteerd door dokter Verne, stelde hij de diagnose dat ik een hersenschudding had. Mijn situatie werd nog verergerd doordat ik een dubbele longontsteking had gekregen.

Zowel dokter Bauer als Erast nam zijn intrek in de kliniek, en vanaf dat moment vocht dokter Bauer onophoudelijk en heroïsch tegen de dood die me constant probeerde weg te rukken. Op de negentiende dag was de longontsteking eindelijk onder controle, en ik was weer gedeeltelijk bij bewustzijn gekomen – volgens de status die dokter Bauer nauwgezet had bijgehouden.

Al die dingen hoorde ik pas veel later. De negentien dagen die werden genoemd in het verslag van de dokter bestonden voor mij niet. Vanaf die ene seconde dat ik het paardenhoofd had gezien tot aan het moment dat ik me bewust werd van het wit geschilderde plafond van dokter Vernes kliniek, was ik dood geweest in elke betekenis van het woord. Geen herinneringen, geen gevoelens, emoties, beelden of wat voor onderbewuste indrukken ook kwamen bij me naar boven. Vanwege allerlei praktische redenen had die duisternis voor wat mij betreft nog negentien dagen, negentien jaar of voorgoed mogen duren. Het was voor het eerst in mijn leven dat ik zuivere tijdloosheid had ervaren, behalve misschien op bepaalde momenten in diepe slaap. Maar zelfs in je slaap zijn de uren nog geanimeerd door dromen. De nacht van mijn negentiende dag was volkomen zwart en in elk opzicht levenloos.

Ik herinner me nog duidelijk mijn eerste indrukken aan het einde van die zwarte periode – als zuiver fysieke ervaringen, waargenomen door hersenen die nog steeds waren omhuld door een soort verdoofdheid. Ik zag het witte plafond en hoorde toen dokter Bauers zachte stem, die me vertelde dat ik ziek was geweest maar nu aan het herstellen was.

Toen kwam een eerste, heel korte glimp van bewustzijn, maar bijna meteen zweefde ik terug naar de duisternis. Ik kroop er tevreden en behaaglijk weer in, maar wel in de wetenschap dat ik leefde en dat het niet meer dan een tijdelijk toevluchtsoord was.

Die periode van zuiver fysiek weer tot leven komen duurde enige tijd. Ik was af en toe bij bewustzijn, sprak zelfs tegen dokter Bauer en Erast, om daarna weer te verdwijnen in mijn zwarte hol voor een volgende korte overwintering. Niet één keer bevrijdde ik me van mijn toestand van geestelijke en emotionele apathie; dat wilde ik ook niet. Ik leefde nog. Dat was de enige constante gedachte of liever gezegd, de vage veronderstelling die mijn geest en lichaam overheerste tijdens die korte contacten met de werkelijkheid.

Fysiek begon het beter te gaan met me. Dat kon ik zien in de ogen van dokter Bauer. Zijn blik werd rustiger en meer ontspannen. Ook Erast begon langzaam zijn normale uiterlijk terug te krijgen. Niet langer was hij de afgetobde, ongeschoren Erast die ik had gezien tijdens mijn eerste flits van bewustzijn. Zijn das hing weer recht en op een dag zag ik zelfs dat hij zijn woeste snor weer had bijgeknipt. Dat was het eerste duidelijke teken dat ik buiten levensgevaar was.

Toen keerde op een nacht het bewustzijn terug in mijn hersenen, niet als een toevallige bezoeker maar als een vaste bewoner, en met een volle koffer. Maar die koffer was enorm. Hij bevatte niet alleen een compleet besef van tijd, plaats en identiteit, maar puilde ook uit van een leven vol herinneringen, met alle pijn en wanhoop die erbij hoorde.

Ik herinner me nog hoe dat gebeurde. Ik werd wakker en lag daar een poosje bewegingloos, omhuld door mijn gebruikelijke gevoel van dierlijk welzijn. Een kleine, afgeschermde lamp verlichtte de kamer vanuit een hoek. Ik kon het witte nachtkastje zien dat vol medicijnflesjes stond, de witte blinden voor de ramen, de witte sprei op mijn bed en de in het wit geklede gestalte van een verpleegster, die zat te slapen in een stoel. Het enige geluid in de verder doodse stilte was het nauwelijks hoorbare getik van het horloge dat zat vastgespeld op de borst van de verpleegster. Maar het was dat zwakke getik dat getuigde van mijn ellende. Het besef van tijd kwam abrupt terug in mijn leven als een angstaanjagend gevoel. Plotseling begreep ik dat ik ziek was geweest, waarschijnlijk heel lang; dat de tijd verder was gegaan zonder mij terwijl ik achter was gebleven in mijn ziekte; dat Taya al die tijd verder had geleefd; dat ik al een tijd niets over haar had gehoord... tijd, tijd, tijd...

Toen dat tijdsbesef eenmaal bezit had genomen van mijn hersenen wilde het niet meer verdwijnen, zelfs geen seconde. De denkmaden begonnen weer aan hun triomfantelijke mars door mijn hoofd. De angst die ik had afgeschud op de van regen doorweekte straat onder de paardenhoeven, tuimelde ogenblikkelijk terug, en net zo scherp als, zo niet scherper dan daarvoor. In een enkele seconde herinnerde ik me weer elk aspect van mijn leven en ik concludeerde met absolute zekerheid dat de grootste tragedie van alles was dat ik nog in leven was. Ik kon onmogelijk leven zonder Taya en nu was wel duidelijk dat ik haar nooit zou kunnen hebben.

Die gedachte was zo verpletterend dat het een onwillekeurige reactie in mijn lichaam veroorzaakte. Die spande al mijn spieren, strekte zich uit onder de deken, klemde mijn tanden op elkaar en zorgde voor een kreun. Die kreun haalde de nachtzuster, een vrouw van middelbare leeftijd met grijzend haar, uit haar hazenslaapje. Ze boog snel haar lange, ernstige gezicht over mijn bed.

'Hoe laat is het?' vroeg ik hard fluisterend. Het was mijn eerste bewuste vraag sinds het ongeluk – en volkomen symbolisch in zijn zinloosheid.

De verpleegster keek op het horloge op haar borst. 'Drie minuten over halfvier. Tijd voor uw medicijn.'

'Waar ben ik?'

'In de kliniek van dokter Verne.'

'In welke stad?'

'Vevey.'

'Hoe lang lig ik hier al?'

'Ongeveer vier weken. Doe uw mond open, alstublieft.'

'Waar is Taya?'

'Wie?'

'Waar is dokter Bauer?'

'Hij komt hier morgenochtend. Doe uw mond...'

'Is Erast hier?'

'Ja, die slaapt in de kamer hiernaast. Uw mond open, alstublieft. U moet uw medicijn innemen.'

Ik nam mijn medicijn in. Het smaakte bitter en de verpleegster gaf me wat warm water, dat ik opdronk.

'Ga slapen...' zei ze met moederlijke bezorgdheid. 'U moet rusten.'

Kon ik dat maar! Ik liet mijn hoofd achterovervallen op het kussen en sloot mijn ogen, om te doen alsof ik ging rusten. Gedachten schoten door mijn hoofd als meteoren, en lieten lange vlammende staarten achter zich. Ik had Taya verloren. Ook zij had toegegeven aan de macht van haar moeder. Ik zou haar nooit meer zien. Ik had geen enkele reden meer om te blijven leven, maar toch trok God me op zijn onpeilbare wijze weg van de opperste vergetelheid die hij me kort had gegund. Of was het de kundigheid van dokter Bauer? Wat het ook was, ik wenste hartstochtelijk dat ik kon terugkeren naar het gelukzalige nirwana waaruit ik net was verdreven. Maar omdat ik een religieus mens was, kon ik mijn eigen heftige zelfvernietiging niet accepteren of rechtvaardigen. Dat was voor mij een schending van de goddelijke wil die de processen van het fysieke leven op aarde had geschapen en in stand hield. Maar was het dan niet toegestaan dat een mens die niet meer wilde leven, zich kon overgeven aan een natuurlijke dood door gewoon op te houden met vechten?

Ik herinnerde me hoe grootvader me ooit eens verteld had over zijn gesprek in Tiflis met Helena Blavatsky – de eenvoudige Russische huisvrouw die naar de westerse wereld ging met esoterische kennis uit India, en grote kennis en macht leek te bezitten. 'Uw leraren schijnen van mening te zijn dat het fysieke leven slecht is,' zei grootvader tegen haar. 'Als dat zo is, dan moeten ze zelfmoord wel goedkeuren als een middel om het hogere plan van het bestaan binnen te gaan.' 'Ja,' had de bijzondere vrouw geantwoord, 'maar alleen als de man in kwestie al zijn banden met deze wereld is kwijtgeraakt. Als hij bijvoorbeeld voortijdig zou sterven omdat hij heeft vergeten om te eten – let wel, gewoonweg vergeten – dan is zijn dood, hoewel suïcidaal van aard, geen schending van goddelijke wetten.'

Ik wist zeker dat ik geen banden meer had met deze wereld. Ik redeneerde dat de dood, door het simpele proces om te vergeten beter te worden, een christelijke oplossing zou zijn voor al mijn problemen. Een verknipt idee misschien, maar op dat moment gaf het me troost. Ik viel met een iets minder depressieve gemoedsgesteldheid weer in slaap.

Toen ik de volgende morgen wakker werd, zag ik dokter Bauer. Voor het eerst sinds mijn ongeluk was ik in staat om op een logische manier met hem te praten. Hij feliciteerde me warm met mijn geweldige fysieke kracht die me hierdoorheen had gesleept, de ernstigste crisis in mijn leven.

'Ik had je nooit kunnen redden, mijn vriend, zonder die kracht. Het is echt een wonder, en het tart alle medische voorspellingen.'

Ik sprak ook tegen Erast, maakte zelfs grapjes met hem. Maar ondanks dit alles voelde ik diep vanbinnen de complete afwezigheid van de wil om te leven – precies als ervoor.

Vanaf die dag veranderde het verloop van mijn ziekte opmerkelijk. Ik at al het voedsel dat me werd voorgezet, nam elk medicijn en hield me aan elke regel – maar bleef toch langzaam achteruitgaan. De achteruitgang was echter zuiver fysiek, want mijn geest en wil bleven sterk en helder. Maar mijn lichaam verzette zich niet langer tegen de ziekte – niet zozeer vanwege mijn beraamde plan, maar door een vreemde apathie die mijn gehele wezen omhulde. Ik hield simpelweg op met nog ergens om te geven.

Eerst accepteerde dokter Bauer de kentering als een tijdelijke terugval. Maar toen ik maar niet herstelde en achteruit bleef gaan, raakte hij gealarmeerd. Hij probeerde diverse behandelmethoden, maar zonder succes. Toen mijn fysieke toestand hard achteruitging, haalde hij er twee eminente dokteren uit Lausanne bij. De drie doktoren bespraken uitvoerig mijn geval. De een moest erkennen dat hij absoluut niet in staat was een diagnose te stellen van mijn toestand; de ander zei dat hij een bepaald preparaat had dat wonderen had verricht in gevallen zoals dat van mij. Er werd besloten dat Erast naar Lausanne zou gaan met de dokter en dat medicijn mee terug zou brengen.

Dokter Bauer bleef naast mijn bed zitten, waar hij zorgvuldig zijn volkomen schone bril bleef poetsen. Nooit eerder had ik me zo ziek gevoeld. Mijn geest was verward, mijn temperatuur hoog en mijn ademhaling moeizaam en onregelmatig. Ik vertoonde ook tekenen van een dreigend delirium. Bepaalde dingen in de kamer begonnen me te storen. Ik bleef naar de deur kijken, bang dat die elk moment zou opengaan. Mijn sprei leek irritant slordig te liggen. De medicijnflesjes op het tafeltje keken me aan met onverholen vijandigheid.

Uiteindelijk zette dokter Bauer zijn bril weer op zijn neus. 'Sjota,' sprak hij met zachte stem, 'Erast zal het medicijn gaan halen dat dokter Weiss zo heeft aangeprezen. We gaan dat natuurlijk proberen. Maar geen medicijn in de wereld kan je helpen als jij niet meer wilt leven.'

'Waarom, dokter...' begon ik zwak te protesteren.

'Zeg nu maar niets meer, Sjota,' onderbrak de dokter me

vriendelijk. 'Laten we deze kwestie morgenochtend bespreken, als je daarover hebt nagedacht. Lichamelijk gezien mankeer je niets meer, maar al je vitaliteit is verdwenen. Uiteindelijk zijn pillen, drankjes en poeders alleen maar munitie waarmee je een ziekte bestrijdt. Wat voor zin heeft munitie als er geen wil is om te vechten? Nu moet je rusten. Ik zal je een pil geven zodat je kunt slapen.'

Dokter Bauers pil maakte me inderdaad slaperig, en snel. Maar in de nacht werd ik weer wakker. De kamer was leeg; de zwakke nachtverlichting brandde in de hoek en alles was verder doodstil. Zelfs het tikkende horloge leek te zijn gestopt. Toen realiseerde ik me dat de nachtzuster zeker even weg was gelopen. Ik voelde me erg zwak, mijn voorhoofd was nat van het zweet en de koude rillingen liepen langs mijn lijf. Mijn temperatuur moet hoog zijn geweest, omdat ik wazig zag en gebons in mijn oren voelde.

Ik lag daar bewegingloos en probeerde na te denken. Dokter Bauers woorden hadden me diep geraakt. Ze schokten me omdat ik besefte dat ik daadwerkelijk bezig was dood te gaan – anders zou de goede dokter nooit zo hebben gesproken. Meestal probeerde hij juist zijn patiënten op te beuren. De gedachte dat ik echt dood zou gaan maakte me even bang. Het was iets heel anders om het te aanvaarden met je geest dan wanneer je er overduidelijk mee werd geconfronteerd. Even kwam mijn lichaam, of wat er nog van over was, in opstand tegen mijn geestelijke overgave. Maar ik slaagde er vrij gemakkelijk in om deze muiterij de kop in te drukken. Goed dan, was mijn redenering, ik ben stervende. Maar is dat niet precies wat ik wil? Moet ik niet in rustige voldoening wachten tot de dood me komt halen? Wat heb ik te verliezen in dit leven dat ik al niet verloren heb? Dus waarom die angst voor het onvermijdelijke?

De deur piepte zachtjes. Ik sloot mijn ogen half en het waas begon te verdwijnen. Maar nee, de deur ging echt open, heel langzaam. Maar het kon toch niet de verpleegster zijn? Die had een resolute manier van doen. Dus wie zou dat dan in vredesnaam kunnen zijn?

Toen zag ik Taya.

Ze keek naar me, stopte even, bracht haar wijsvinger naar haar lippen in een snel waarschuwend gebaar, en sloot toen geluidloos de deur. Ze droeg dezelfde zomerjurk, witte cape en breedgerande strohoed die ze vorige zomer in Tiflis had gedragen. Ze aarzelde even bij de deur en liep toen snel op me af, waarbij haar voeten nauwelijks de grond raakten. Ze ging op de rand van mijn bed zitten, streelde zacht mijn haar en keek naar me met haar prachtige, intense ogen.

Haar gezicht was helemaal niet veranderd. Het was nog net zo mooi en stralend als altijd. Misschien dat haar blik iets ernstiger was, wat volwassener dan ervoor, maar verder was alles hetzelfde.

'Taya...' fluisterde ik hees, snakkend naar adem. Plotseling had ik geen lucht meer. 'Taya... hoe heb je...'

'Sst...' zei ze, eveneens snel fluisterend, terwijl ze haar vinger op mijn mond legde. 'Niet praten, Sjota. Zeg maar niets. Ik weet alles, lief. Ik ben al die tijd bij je geweest, ik heb samen met jou geleden, heb jouw tranen gehuild en ben steeds meer van je gaan houden. Ben je het dan vergeten, Sjota? Wij hebben samen één ziel, en niets ter wereld kan die scheiden, zelfs de dood niet.'

Ik voelde een buitengewoon gevoel van warmte, een bijna fysieke warmte die van elk gefluisterd woord af straalde. Daarmee vergezeld ging een opwindend gevoel van ontspanning dat zich langzaam door mijn hele lichaam verspreidde.

'Sjota, Sjota, mijn allerliefste Sjota,' vervolgde ze op diezelfde snelle fluisterende toon, waarbij ze me recht in mijn ogen keek. 'Ik ben zo bezorgd om je geweest... Ben je vergeten wat grootvader je heeft verteld, net als broeder Shalva, en wat jijzelf me zo vaak hebt verteld? Ben je gaan twijfelen aan onze liefde? Niet doen, Sjota... Die is hier nog steeds, net zo sterk, mooi en onsterfelijk als altijd. Dit leven is wreed voor ons geweest, maar wat hebben we verloren dat zo belangrijk is? Een paar korte aardse jaren die voorbijgaan als een zomerstorm, die niet blijven of terugkeren. Was dat alles wat onze liefde waard was, die paar dode herfstbladeren die dwarrelden in de wind van de tijd?'

Ze stopte even. Ik wilde praten, ik wilde zoveel tegen haar zeggen, maar mijn lippen wilden niet bewegen. Ik merkte dat ik volkomen verlamd werd door een plotselinge blijdschap die als een zegening op me neerdaalde. Even dacht ik zelfs dat ik dood was, want zo veel vrede kon er toch niet zijn in deze wereld... Toen legde ze haar zachte hand op mijn voorhoofd, streelde die liefhebbend en voelde ik de warmte van haar huid. Zij was bezield, en ik ook. Haar woorden waren eveneens bezield, en elk woord was enerverend door de gepassioneerde overtuiging ervan.

'Ik wil dat je beter wordt, Sjota. Ik wil dat je beter wordt en sterk wordt. Ik wil dat je weer gaat leven, lang en gelukkig, omdat als je heengaat, mijn deel van onze ziel koud en eenzaam zal worden zonder dat van jou. Wees niet bang voor het leven, lieve Sjota, voor al zijn vreugde en verdriet, zijn afwisselend goede en slechte dagen, zijn bange nachten en zwarte gedachten. Het is helemaal niet moeilijk. Nee, het is heel gemakkelijk om het zwaarste leven te leven met een liefde zoals die van ons, die geen tijd of dood kent. Leef je leven tot aan het einde, Sjota, tot aan de laatste zoete of bittere druppel. Alleen dan, en alleen dan, mijn lief, zal onze gezamenlijke ziel sterk en vrij uit de vuurproef van het leven komen; gereinigd van alle kleine onzuiverheden van onze dagen op aarde. Ik wil dat je zonder angst terugkeert in het leven, met open ogen en opgericht hoofd, omdat ik ergens anders op de wereld van je zal houden, je zal gade-slaan en blij zal zijn om je succes en je moed. Elke seconde zal ik trots zijn dat ik jouw ziel heb en dat jij de mijne hebt, en dat wij elkaars hart hebben. Ik zal er trots op zijn dat we nooit ook maar een seconde uit elkaar zijn gegaan... Sjota, is het niet geweldig om iets onsterfelijks te hebben in deze sterfelijke wereld – zoals wij dat hebben? Waarom zouden we ons lot dan betreuren? We zijn heel gelukkig, liefste, we zijn ongelooflijk gelukkig. Alleen al de gedachte eraan is pure vreugde.'

Ze lachte zacht en gelukkig, en plotseling lachte ik ook. Al mijn wanhoop en bange voorgevoelens verdwenen met-een. Ik voelde hoe het leven weer in mijn lichaam stroomde als een grote vloedgolf. Opnieuw had ik alles in de wereld om voor te leven. Ik zou in leven blijven en iets goeds ma-ken van mijn leven tot aan mijn laatste aardse dag.

Intussen boog Taya zich geluidloos naar voren en raakte mijn voorhoofd aan met haar zachte, warme lippen.

'Tot ziens, Sjota. Leef voor onze liefde en wees nergens bang voor. Denk eraan dat ik altijd bij je zal zijn, iedere se-conde, totdat we elkaar weer zullen zien, mijn allerliefste.'

Ze liep snel door de kamer, stopte bij de deur, gaf me een snelle blik, en toonde toen haar bekende stralende lach die maakte dat zelfs de zon ging dansen. Even later was ze verdwenen.

Ik lag daar rustig, vervuld van een vreemde vervoering. Elke vezel van mijn lichaam tintelde van mijn nieuwe en buitengewone geluk. Ik was bang om me te bewegen, voor het geval ik de betovering van Taya's aanwezigheid, die nog steeds in de kamer hing, zou verstoren.

Ik sloot even mijn ogen. Toen ik ze weer opende stroomde er helder zonlicht de kamer in. Het was ochtend, maar de nachtzuster was er nog. Ze was bezig haar rapport in te vullen aan het bureautje in de hoek.

Even maakte de verandering in de kamer me aan het schrikken. Toen realiseerde ik me dat ik zeker in slaap was gevallen na Taya's bezoek. Ja, Taya... ik herinnerde me elk detail ervan. Al haar woorden en gebaren stonden me helder en levendig voor de geest. Het kon gewoon geen droom zijn, maar kon het dan echt de werkelijkheid zijn? Was het de werkelijkheid? Nuchter gezien wist ik dat dit niet zo was. Maar hoe kon ik dan nu dit geweldige nieuwe weldadige gevoel hebben? Hoe kon het dat een gepassioneerd verlangen om te leven mijn hele lijf was binnengedrongen op deze zonnige morgen? Slechts één ding was zeker: ik voelde me sterker, gelukkiger en had meer vertrouwen in mijn herstel dan op welke dag ook sinds mijn ongeluk.

'Mademoiselle Yvonne,' riep ik rustig.

De verpleegster draaide zich om, legde haar pen neer en kwam naar me toe. Haar ernstige uitdrukking maakte plaats voor een vriendelijke glimlach.

'Goedemorgen... Hoe voelt u zich vanmorgen?'

'Geweldig. Ik wil u iets vragen, zuster. Was u hier de hele nacht?'

De glimlach verdween van haar gezicht. 'Maar natuurlijk, monsieur le prince. Of hier of in het kamertje hiernaast.'

'Constant?'

'Maar natuurlijk.'

'Hebt u iemand hier binnen zien komen tijdens de nacht?'

Een uitdrukking van verbazing verscheen op haar gezicht. 'Is er hier dan iemand binnen geweest, monsieur?'

Ik glimlachte. 'Dus u was hier niet constant? Zeg het me alstublieft.'

De verpleegster aarzelde. 'Het zou kunnen dat ik even weg ben gelopen, monsieur. U sliep heel rustig, en ik herinner me nu dat ik een spelletje domino heb gespeeld met mademoiselle Duval in kamer в. Maar ik kon uw bel vanaf daar horen, en ik dacht...'

De deur ging snel open en dokter Bauer kwam binnen in zijn loshangende witte jas, met een medicijnflesje in zijn hand. Erast, die er lusteloos en vermoeid uitzag, volgde hem naar binnen, maar bleef bij de deur staan. Dokter Bauer liep naar het raam en begon het etiket op het flesje te lezen, zonder dat hij zelfs maar naar mij keek.

'Goedemorgen, Sjota... Hmm... twintig tot dertig druppels... Jouw Vasco da Gama is net uit Lausanne teruggekomen met dit spul. Nam de verkeerde trein terug en is praktisch het hele meer rond geweest... Hmm, in een half glas water, om de twee uur... Mag ik een glas van u, zuster.'

Hij nam het glas aan en begon de donkere vloeistof druppel voor druppel af te meten, waarbij hij rimpels trok in zijn brede voorhoofd en zijn neus bewoog, om te voorkomen dat zijn bril zou afglijden. Hij zag er roerend komisch uit, deze grote, vriendelijke man, die zo plechtig het kleine flesje hanteerde.

'Ik heb al eerder gehoord van de brouwsels van dokter Weiss. Ze schijnen heel goed te zijn. Deze formule bijvoorbeeld...' Hij liet bijna het glas vallen toen hij mijn lach hoorde. Hij draaide zich om en zijn gezicht had een uitdrukking van totale verbijstering.

'Sorry, dokter... u keek zo serieus. Ik wil u alleen even laten weten dat we de strijd hebben gewonnen. De vijand is verslagen en is nu op de vlucht. Uw munitie heeft wonderen verricht, vooral sinds ik heb besloten om die te gebruiken en beter te worden.'

Terwijl ik sprak veranderde de uitdrukking op het gezicht van de dokter constant; eerst was er verbijstering, toen ongelovigheid, toen bezorgdheid, daarna hoop en tot slot vreugde. Toen ik mijn laatste vrolijke zin had afgemaakt, leegde hij in stilte de inhoud van het glas in de afvalemmer, en liet er toen ook het glas in vallen om het af te maken.

'Wat doet u nu?' vroeg ik.

'Ik gooi het spul weg. Ik peins er niet over om die oude dokter Weiss opnieuw triomfen te laten vieren met deze alchemie. Zuster! Geef me de thermometer!'

Mijn temperatuur was bijna normaal. Mijn pols was krachtiger en regelmatiger. Ook mijn ademhaling was rustiger en constanter dan die in dagen was geweest.

'Verbazingwekkend...' bleef dokter Bauer maar zeggen. Zijn trillende handen verraadden zijn opwinding, die hij vergeefs probeerde te onderdrukken. 'Absoluut verbazingwekkend... ongelooflijk... ik zou zelfs zeggen: vreemd. Wacht eens even, ik wil dat dokter Verne dit ziet.'

Hij verliet snel de kamer, en klopte Erast op zijn schouder terwijl hij langs hem liep. Pas toen zag ik de ongewone, gespannen uitdrukking op Erasts gezicht.

'Erast,' zei ik, 'kom eens hier.'

Erast deed een paar stappen in mijn richting, maar stopte toen, kaarsrecht en gespannen. Dat was niet mijn oude Erast. Er was iets gebeurd.

'Wat is er met je aan de hand, Erast? Heb je een geest gezien?'

'Bijna...' zei hij schor.

'Wat een onzin! Kom, Erast, voor de dag ermee. Wat is er gebeurd?'

Erast perste de woorden er één voor één met duidelijk grote moeite uit. 'Toen ik gisteravond met die dikke dokter meeging... ik bedoel, we liepen langs dat kleine hotel in de buurt van het station... Daar zag ik hem... Hij stapte uit een rijtuig... Met koffers en zo...'

'Wie?'

'Die man... ik bedoel die heer met dat blonde haar die op die avond naar uw huis in Parijs kwam...'

'De baron?'

'Ja, meneer.'

'Heb je met hem gesproken?'

'Nee, meneer, ik hield me verborgen achter de dikke dokter.'

Ik lachte. Ik wist dat Erast buitengewoon bijgelovig was en die arme baron de schuld gaf van alle ellende die ons was overkomen sinds diens bezoek. 'Erast, Erast, je bent onverbeterlijk... De baron is dus in Vevey. Dat is een vreemd toeval, maar niets om bang voor te zijn. Eigenlijk wil ik hem wel zien! Zuster', ik wendde me tot de verpleegster en ging over in het Frans, 'mag ik uw pen en een vel papier?'

Ik schreef snel een kort briefje om de baron te laten weten dat ik in de kliniek van dokter Verne was, en nodigde

hem uit om me te komen bezoeken wanneer hem dat uit-
kwam. Ik wachtte totdat de inkt droog was en vouwde toen
het papier, stopte het in een envelop en wendde me weer
tot Erast.

'Wil je dit brengen naar...'

Ik maakte mijn zin niet af omdat ik het gezicht van Erast
zag. Elke spier erin was bevroren en grote, heldere tranen
rolden langs zijn verweerde wangen, en verdwenen toen in
de dikke, onverzorgde woestheid van zijn snor.

'Erast... wat is er aan de hand?'

Erast kon niet antwoorden, maar onze ogen keken elkaar
even aan. Toen keek ik omlaag naar de envelop die ik tussen mijn vingers draaide. Er viel een korte stilte terwijl ik al
mijn innerlijke kracht verzamelde.

'Erast...' zei ik op lage toon, gebroken van emotie. 'Erast...
de baron... was niet alleen?'

Ik keek op naar Erast. De uitdrukking op zijn gezicht was
niet veranderd, maar de tranen kwamen nu met snellere
tussenpozen en leken groter...

Ik verscheurde het briefje tot heel kleine stukjes en liet ze
in de prullenbak naast mijn bed vallen.

10

Teresa

True love in this differs as gold from clay,
That to divide is not to take away.

SHELLEY

Mijn herstel verliep snel, maar de slijtageslag van de longontsteking had me verzwakt en uitgeput. Dokter Bauer ad-
viseerde me sterk om zeker nog een paar maanden in Davos
te blijven, voordat ik zou terugkeren naar het actieve leven.
De dokter vond dat de gezonde lucht van het beroemde
kuuroord in de bergen, dat ooit mijn leven als kind had
gered, opnieuw heel goed voor me zou zijn. Ik voelde dat hij
wel eens gelijk kon hebben. Omdat ik erg aan hem gehecht
was geraakt tijdens mijn ziekte, aanvaardde ik dan ook opgetogen zijn uitnodiging om bij hem te komen logeren in
Davos zolang dat nodig was.

Dokter Bauer vertrok uit Vevey zodra volkomen duidelijk was dat ik op weg was naar volledig herstel. Hij wilde
graag terug naar zijn kliniek en was er zeker van dat dokter
Verne goed voor mij zou zorgen, totdat ik sterk genoeg was
om de reis door Zwitserland te ondernemen.

De herfst had de berghellingen al gekleurd met alle mogelijke tinten rood en goud toen ik uiteindelijk uit de kliniek werd ontslagen. Vergezeld van mijn trouwe Erast vertrok ik naar Davos.

Ik verliet Vevey als een totaal ander mens. Om te beginnen was ik volwassen geworden, zowel fysiek als mentaal. De emotionele euforie die was gevolgd op Taya's nachtelijke bezoek – of dat nu echt was gebeurd of niet – verdween geleidelijk. Maar het gevoel van vrede en rustige vastberadenheid bleef. Ik werd niet langer gekweld door aanvallen van bitterheid en wanhoop, alleen leken tegelijkertijd ook alle natuurlijke verlangens van mijn jeugd te zijn verdwenen. Dit zorgde in mijn ziel voor een oudemannengevoel van tevredenheid en kalmte. Mijn humeur werd gelijkmatiger doordat het niet langer verstoord werd door emotionele uitbarstingen of periodes van depressief gepieker. Ik maakte de indruk van een opgewekt en uiterst voorkomend mens op iedereen die ik ontmoette. Maar op de een of andere manier was de diepere vreugde van het leven uit mijn ziel verdwenen. Ik aanvaardde de komst van elke nieuwe dag als een volgende mijlpaal die moest worden bereikt met zo min mogelijk mentale verstoring, om daarna veilig te worden opgeborgen in de opslagplaats van mijn herinnering.

Ik vond het plezierig om terug te keren naar de mooie vallei van Davos, waar iedere steen, boom en heuvel herinneringen uit mijn jeugd naar boven bracht. Ik had daar veel vrienden. Maar na onze eerste ontmoetingen – meestal luidruchtig en gênant – zagen we elkaar nog maar zelden. Tijdens mijn korte jaar van afwezigheid leek alle innerlijke verbondenheid tussen ons te zijn verdwenen. Mijn kameraden, sommige ouder dan ik, leken ineens erg jong, bijna kinderlijk in hun levenslust – iets wat ik op de een of andere manier niet langer met hen deelde. Geleidelijk verdwenen ze allemaal en ik bleef alleen achter met dokter Bauer, Erast en de talloze boeken in de uitstekende bibliotheek van dokter Bauer.

Mijn leven werd monotoon en ordelijk. 's Morgens ging ik paardrijden of wandelen met Erast, en later, toen de sneeuw de bergen had bedekt, ging ik skiën of schaatsen. Mijn middagen bracht ik door in de bibliotheek van de dokter of aan het bureau in mijn kamer. De achterstand in de zakenrapporten uit Samourzakani en Frankrijk was groot geworden tijdens mijn ziekte en veel dingen vroegen mijn aandacht. Er waren ernstige problemen en er waren onbeduidende problemen, maar één brief in het bijzonder trok mijn aandacht. In de envelop, die was gericht aan grootvader en waarop 'persoonlijk' stond, zat een rekening van een bloemist uit Boedapest voor 'uw jaarlijkse bestelling van zwarte rozen, bezorgd bij uw kapel op de begraafplaats Sint-Stefanus'. Ik maakte het geld meteen over en vroeg de bloemist om alle toekomstige rekeningen naar mij te sturen.

Maar het was vooral de avond waar ik het meest van hield. Dokter Bauer keerde dan terug uit de kliniek en na het eten gingen we naar de zitkamer. Daar gingen we bij een brandend haardvuur koffiedrinken, dammen of gewoon wat met elkaar praten. Dammen was een grote hobby van dokter Bauer. Hij speelde het spel met grote concentratie en ernst, maar hij was er niet echt goed in. Hij reageerde op elke nederlaag met zo'n oprecht vertoon van verslagenheid dat ik probeerde zo min mogelijk te winnen. Hoe langer ik de dokter kende, hoe meer ik van hem ging houden en hem ging respecteren. Daar in de beslotenheid van zijn huis liet hij een heel andere kant zien van de zwijgzame en efficiënte dokter die ik al sinds mijn jeugd kende. Ik begon al snel het fijngevoelige en edelmoedige hart te zien dat achter zijn eruditie en professionalisme lag. Ik zag ook hoe hij in de loop der jaren een kinderlijk vermogen voor enthousiasme had weten te behouden en zich geweldig kon verplaatsen in de gevoelens van andere mensen. Zijn bezorgdheid voor zijn patiënten bleek vaak zeer persoonlijk te zijn. Vele malen zag ik hoe blij hij was als hij succes had gehad met een behandeling, of hoe ontroostbaar bij slecht nieuws over een patiënt.

Op een avond kwam hij laat thuis en ik zag meteen dat hem iets dwarszat. We aten in stilte, en toen we later samen in de zitkamer zaten, wendde hij zich plotseling tot mij. Hij aarzelde even, terwijl hij naar de juiste woorden zocht.

'Sjota,' zei hij uiteindelijk, 'ik wil je een persoonlijke vraag stellen, maar als je vindt dat die ongepast is, geef dan alsjeblieft geen antwoord. Wat ik wil vragen is... hoe gaat het met je gebeden, jongen?'

'Gebeden?' vroeg ik, een beetje verbaasd.

'Ja... je bidt toch wel?'

'Elke avond.'

'Nou, wat ik bedoel is... heb je het gevoel dat je gebeden worden gehoord door... eh... God, of zijn het niet meer dan automatische uitingen van vroomheid, zoals bij veel mensen?'

Het was duidelijk dat hij zich niet op zijn gemak voelde. Deze bekende wetenschapper die zich zijn hele leven had beziggehouden met de lichamelijke ziektes van de mens, had het nu over iets wat ver verwijderd lag van de conventionele denkbeelden van de wetenschap.

'Ik weet het niet,' zei ik eerlijk. 'Er zijn dagen waarop ik me dicht bij God voel en dagen waarop ik dat minder voel. Maar ik geloof wel dat elk oprecht gebed zal worden gehoord... en verhoord, als het oprecht wordt geuit.'

'Sjota,' zei hij op zachte toon, die nu blijk gaf van echte gekweldheid, 'ik heb een jongen in de kliniek. Hij is bezig dood te gaan, net zo zeker als jij dood dreigde te gaan tijdens die nacht in Vevey. Medicijnen kunnen hem niet meer helpen. Ik heb gebeden, maar ik ben niet zo'n religieus mens... Hij heeft gebeden nodig die beter zijn dan die van mij... Zou jij, Sjota...?'

Ik was diep ontroerd. 'Ik zal bidden,' beloofde ik. 'Hoe heet hij, dokter?'

'Ho Rhan... zijn vader is een Cambodjaanse filosoof. Hij is een door en door goed mens.'

'Maar dokter... is hij christen?'

Dokter Bauer keek me strak aan door zijn bril. 'Nee, Sjota, maar hij is geschapen door God, net als jij en ik.'

Zijn woorden maakten dat ik me diep schaamde.

Beetje bij beetje begon ik te begrijpen waardoor dokter Bauer zo'n uitstekende arts was geworden. Het had te maken met zijn instinctieve geloof in een spiritueel element van het menselijk leven en de kracht van de invloed daarvan op het menselijk lichaam.

'Ik ben een dokter,' had hij me ooit eens verteld, 'en mijn werk is het herstellen van menselijke lichamen. Daarbuiten ben ik een onnozele hals. Maar ik zou een slechte arts zijn als ik zou denken dat de mens niets anders is dan cellen en moleculen. Net zoals een rijtuigmaker een dwaas zou zijn als hij zou denken dat op het moment dat zijn rijtuig kapot zou gaan, alle onderdelen in het niets zouden verdwijnen.'

Mijn dagen gingen rustig voorbij in het grote bruine huis van dokter Bauer. Ik raakte zo gewend aan de vaste routine dat ik met gemengde gevoelens dacht aan het moment waarop ik Davos zou verlaten en zou terugkeren naar mijn eigen leven.

Na een wisselvallige periode van bewolkte herfstluchten en sneeuwstormen stabiliseerde het weer zich. We kregen de perfecte heldere dagen die de vallei van Davos tot een paradijs voor wintersport maken. De bergen, nu bedekt met een dikke deken van poederachtige sneeuw, stonden daar als enorme brokken witte suiker tegen een intens blauwe hemel. Daaromheen sprankelde de lucht als witte wijn. Massa's toeristen begonnen de hotellobby's en de chalets binnen te stromen terwijl het winterseizoen weer op gang kwam – met het gesuis van ski's overdag en 's avonds het geklink van punchglazen.

Schaatsen was altijd al een van mijn favoriete sporten geweest en zodra het kon, bracht ik elke morgen twee of drie uur door op het bevroren meer. Erast had er eerst niet zo veel zin in om zich op het ijs te wagen, maar na een paar lelijke valpartijen kon hij al snel goed schaatsen. Vanaf dat moment verloor hij alle terughoudendheid. Hij behandelde zijn schaatsen als twee stuntpaarden, en de ijsbaan werd zijn jiritoba-arena. Andere schaatsers gingen voor hem aan de kant, terwijl hij door de mensenmassa vloog als een derwisj. Zijn gevoel voor timing bleek verbluffend goed te zijn, waardoor hij er op het laatste moment in slaagde om een vreselijke botsing te vermijden, voordat hij weer als een kogel door de menigte schoot.

Ik kon helaas niet bogen op dergelijke vaardigheden, ondanks al mijn ervaring. Toen op een morgen een jonge vrouw al schaatsend op me af kwam geschoten, bleek ik absoluut niet in staat een botsing te vermijden. Door de klap verloor ze haar evenwicht en toen ze uiteindelijk tot stilstand kwam, bleef ze op het ijs zitten, waar ze over een van haar benen wreef. Ik schoot naar haar toe en zag dat het een mooie jonge vrouw van een jaar of twintig was in een modieus wollen schaatspak; met haar als gesponnen goud dat onder haar gebreide mutsje uit golfde.

'O, hij heeft me pijn gedaan...' zei ze in het Engels, terwijl ze over haar been wreef, onbewust van mijn aanwezigheid.

Op dat moment kwam ook Erast eraan en samen hielpen we haar weer overeind – een vrijpostigheid die op elke schaatsbaan ter wereld volkomen normaal is.

'Het spijt me vreselijk,' zei ik in het Engels tegen haar. 'Wat lomp van me...'

'Het was helemaal mijn schuld... o!' kreunde ze, terwijl ze probeerde te staan op haar pijnlijke been. 'Ik ben bang dat jullie me even naar de kant moeten helpen.'

Dat deden we. Ze ging op de bank zitten en probeerde haar been te strekken, wat gelukkig geen probleem was.

'Kun je me helpen mijn schaatsen uit te trekken?' vroeg ze aan me met een hulpeloosheid die ik charmant vond. 'Ik ben bang dat ik vandaag niet meer kan schaatsen.'

Ik knielde neer en begon haar schaatsen los te schroeven.

'Ben je Engels?' vroeg ze.

Ik keek aandachtiger naar haar. Haar gelaatstrekken waren fijn en haar ogen ongelooflijk blauw, en ze had een open blik.

'Nee,' zei ik.

'Toch heb je een Engels accent.'

'Ik kom uit de Kaukasus.'

'Ik ben Amerikaanse' zei ze. 'Ik heet Teresa Magawely, maar mijn vader noemt me altijd Tress.'

Ik stelde mezelf voor en ze gaf me een hand. Haar handdruk was stevig, bijna mannelijk.

'Ik ben heel blij dat je zo goed Engels spreekt,' zei ze. 'Mijn Duits stelt niets voor en mijn Frans is niet meer zo goed. Ik denk dat het nu wel weer gaat met mijn voet. Dit is mijn eerste dag op schaatsen.'

'Ben je hier al lang?'

'Sinds gisteravond. Mijn vader is hier voor zaken. Hij fabriceert onder meer wintersportbenodigdheden in Baltimore. Nu gaat hij de Europese wintersportplaatsen af, om in contact te komen met toekomstige nieuwe slachtoffers.'

Ze lachte. Dat was het dichtst bij Taya's lach wat ik had gehoord sinds we uit elkaar waren gegaan. Het bevatte hetzelfde gevoel van volkomen ongedwongenheid en mijn hart sprong op in mijn borst. Plotseling leek de dag om me heen stralender en de hemel blauwer, bijna hetzelfde blauw als van Teresa's ogen.

Ze stond op en liep langzaam wat rond, waarbij ze licht hinkte.

'Het gaat echt goed,' verklaarde ze luchtig. 'Dankjewel voor je hulp.'

'Hier zijn je schaatsen,' zei ik terwijl ik ze teruggaf.

'Dankjewel.'

Toen keek ze ineens om zich heen en zag een sjofele jongen van een jaar of vijftien op een bank zitten kijken naar de schaatsers. Ze riep naar hem: *'Kommen Sie hier.'* De jongen liep behoedzaam op haar af en toen overhandigde ze hem haar schaatsen. 'Een cadeau uit Amerika,' zei ze. De jongen viel bijna om van verbazing. Hij bedankte haar ongelovig en liep toen weg, eerst langzaam, toen steeds sneller. Ze keek hem na en lachte opnieuw.

'Beste jongen... wil je me naar het hotel terugbrengen?' Haar manier van doen was ongekunsteld en direct, zonder dat het te vrijpostig was. Alles wat ze zei en deed leek gewoon een simpele en intrinsieke waardigheid te bevatten.

'Met alle plezier.'

Ik deed snel mijn schaatsen uit en overhandigde die aan Erast – die ons wilde vergezellen, maar ik zei hem dat hij naar huis moest gaan en daar op me moest wachten.

'Wat voor taal sprak je net, Russisch?' vroeg Teresa.

'Nee, Georgisch. Wij komen uit Georgië.'

Teresa en ik begonnen de helling te beklimmen die naar de straat leidde, al pratend en lachend.

Ze had een verbazingwekkend vermogen om mensen meteen op hun gemak te stellen. Binnen de kortste keren had ik het gevoel alsof ik haar al mijn hele leven kende. Ik wilde een arrenslee huren, maar Teresa wilde liever lopen. Ze hinkte niet meer en zei dat alle pijn echt weg was, dat ze zich nog nooit zo goed had gevoeld. Voor wat mijzelf betrof, ik realiseerde me dat ik me weer jong voelde. Plotseling wilde ik leven en lachen.

De Magawely's logeerden in het Palace Hotel van Davos, een naar alle kanten uitgebouwd chaletachtig hotel aan de buitenkant van Davos-Dorf, tegen de majestueuze achtergrond van witte bergen. Geen lange wandeling, maar tegen de tijd dat we het hotel hadden bereikt, wist ik al heel veel over Teresa en haar familie. Haar moeder was dood en haar vader was van verarmde Ierse adel die een nieuw vaderland had gevonden aan de andere kant van de Atlantische Oceaan. Hij had zijn fortuin gemaakt in de Nieuwe Wereld, wat echter verdampte tijdens de Amerikaanse economische crisis van 1893. Hij deed nu hard zijn best om zijn vroegere status terug te krijgen.

We stonden te praten voor het hotel totdat Teresa, die het duidelijk koud kreeg, vroeg of ik even binnen wilde komen om kennis te maken met haar vader. Ik stemde erin toe.

Kolonel James Patrick Magawely was een reus van een man. Zijn grote gestalte straalde zo veel charme en uitbundigheid uit dat ik hem al mocht vanaf het moment dat hij mijn hand vastgreep. Hij had dezelfde blauwe ogen als Teresa en de hartelijkheid en scherpzinnigheid van mijn grootvader. Zijn welsprekendheid had hij waarschijnlijk te danken aan de Blarney Stone. Op een onmerkbare manier combineerde hij de cultuur van de Oude Wereld met het uitbundige enthousiasme en de kracht van de Nieuwe Wereld – zijn nieuwe vaderland –, die hij met zo veel warmte en betrokkenheid beschreef. Maar wat de meeste indruk op me maakte was het diepe en instinctmatige begrip tussen hem en zijn dochter – een kameraadschap die leek gebaseerd op wederzijds respect en volledige toewijding.

Kolonel Magawely stond erop dat ik bleef lunchen, en met zijn drieën gebruikten we een informele maaltijd voor de open haard. De kolonel sprak de meeste tijd. Eerst stelde hij me vragen over Rusland en al snel ontdekte ik dat hij beter was geïnformeerd over de economische problemen van het land dan ik. Toen stapte hij over op de Amerikaanse politiek, met een luidruchtige veroordeling van president Cleveland en zijn Democratische regering, die volgens hem het economische leven van het land te gronde had gericht. Hij voorspelde een complete Republikeinse overwinning bij de volgende verkiezingen.

Ik wist bar weinig van de Amerikaanse politiek, maar genoot van kolonel Magawely's heftige rede, grotendeels omdat die mij de gelegenheid bood om me bezig te houden met een grappig stilzwijgend spelletje met Teresa. Ze wierp de lachende blauwe sterretjes van haar ogen in mijn richting en ik probeerde die dan te vangen over de tafel heen, terwijl ik mijn houding als aandachtig luisteraar in stand hield. Dit spelletje ging de hele lunch door, en ik ben bang dat veel van de uitstekende redenaarskunst van kolonel Magawely aan mij verspild was.

Uiteindelijk keerde ik terug naar huis, nadat ik een afspraak had gemaakt om Teresa de volgende ochtend op te halen voor een rit met een arrenslee door de Landwasserstrasse. Ik kwam terug in mijn vertrekken als een totaal ander mens dan degene die een aantal uren daarvoor het huis van dokter Bauer had verlaten. Alle Hamlet-achtige melancholie was verdwenen en vervangen door hernieuwde levenslust.

Erast kwam naar me toe en hielp me bij het verkleden. Ik voelde een sterke behoefte om met iemand te praten, maar alle pogingen tot een gesprek mislukten. Hij leek chagrijnig en somber. Op een gegeven moment vroeg ik om een verklaring. Na wat aandrang sloeg Erast zijn ogen neer en mompelde: 'Ik had gisteravond een droom die me droevig maakte.'

'Wat voor droom?'

Ik moest de vraag zeker vijf keer herhalen voordat Erast zijn antwoord gaf: 'Ik zag prinses Taya op een wit paard. Ze was zo mooi dat ik de hele nacht moest huilen.'

Dat was het enige wat ik uit Erast kon krijgen. Maar ik begreep hem volkomen. Diep in zijn hart veroordeelde hij me vanwege mijn ontrouw aan Taya. Even zat die gedachte mij ook dwars, maar toen verwierp ik die. Mijn vriendschap met Teresa was niet serieus en evenmin schandelijk. Bovendien, wilde Taya niet dat ik weer gelukkig zou worden? Zeker weer zo'n vermakelijke gril van Erasts psychologie, zei ik tegen mezelf, niets meer dan dat. Hoe zou ik Taya ooit kunnen vergeten?

Maar met het verstrijken van de dagen merkte ik dat al mijn gedachten om Tress draaiden. Het was niet te vergelijken met de intense elektriserende aantrekkingskracht tussen Taya en mij – maar toch was het iets moois; een vriendschap in de beste en mooiste zin van het woord. Ik ervoer het als genegenheid tussen twee jonge mensen die volledige kameraadschap vinden in elkaars gezelschap. Achter de buitenkant van lichte excentriciteit ontdekte ik bij Tress een intelligente en stimulerende geest, die in staat bleek tot diepe gedachten.

Langzaam begon het idee dat Tress en ik weer afscheid van elkaar zouden moeten nemen, me zorgen te baren. Telkens als die gedachte naar boven kwam, verbande ik die uit mijn geest, niet in staat om dat feit op een rationele manier te verwerken. De enige tactiek die ik had was simpelweg doorgaan met genieten van elke mooie dag die kwam.

Toen kwam de avond waarop ik ontdekte dat Tress precies hetzelfde voelde. Ik ontmoette haar in de lobby van haar hotel, maar deze keer begroette ze me met een terneergeslagen blik die ik niet van haar kende.

'We gaan terug naar huis,' zei ze met een holle stem. 'Vader heeft een telegram gekregen uit Washington.'

De woorden troffen me zo abrupt en onverwacht dat ik eerst de betekenis ervan niet begreep.

'Wanneer?' vroeg ik mechanisch.

'Vanmorgen.'

Mijn hart zonk toen in mijn schoenen en ik begreep met absolute duidelijkheid dat ik van haar hield.

'Maar dat kan toch niet...' mompelde ik. 'Begrijp je dan niet... Mijn god, Tress... dat mag niet gebeuren!'

'Nee,' zei ze kalm. 'Laten we ergens heen gaan waar we kunnen praten.'

Zwijgend stapten we in een slee en reden naar een skihut op een paar kilometer buiten Davos-Platz. We bestelden warme wijn met suiker, kaneel en kruidnagels en trokken ons toen terug in een aparte ruimte, afgescheiden van de hoofdruimte door een schuifdeur. Hier wisten we dat we niet zouden worden gestoord door de après-ski-pretmakers of rondtrekkende Tiroolse zangers in het hoofdvertrek.

We gingen zitten en keken elkaar recht aan. 'Je kunt niet gaan,' zei ik resoluut.

'Vader heeft me nodig. Kun jij niet met ons meegaan?'

'Dat weet ik niet. Dokter Bauer zegt dat ik hier moet blijven tot aan de lente. Kun je niet met je vader praten en hier blijven?'

Ze dacht even na. 'Ik blijf hier als jij zegt dat ik dat moet doen. Maar vader maakt nu een cruciale tijd door in zijn carrière en heeft me nodig. Hij steunt erg op mij. Het zou niet goed zijn om hem nu alleen te laten gaan.'

'Goed dan. Maar Tress, ik zal zo eenzaam zijn zonder jou.'

'Het is toch maar voor een tijdje.'

'Hoe lang?'

'Totdat vaders zaken weer goed lopen. Dan kom ik hierheen, of jij komt daarheen, dat maakt niet uit.'

Ik pakte haar hand en kuste die.

'Ik ga morgen met je mee, Tress.'

'Maar dat kun je niet doen. Je gezondheid...'

'Een oceaanreis zou me goed doen. Dan gaan we samen weer terug, en blijven nog een poosje hier voordat we naar de Kaukasus gaan. Ik hou van je, Tress.'

'Ik hou ook van jou, Sjota.'

'Ik moet de tickets bestellen voor Erast en mij.'

We keken elkaar aan en moesten plotseling lachen.

Ons gesprek werd onderbroken door luide commotie in de hoofdruimte. De muziek stopte abrupt, om te worden vervangen door een koor van respectvolle begroetingen. We draaiden ons om en zagen door de open deur een lange en knappe jonge man in een zwarte cape met een kraag van sabelbont de hut binnenstappen, vergezeld door drie mannen met gitaren en een viool. De jonge man was kennelijk algemeen bekend, omdat hij meteen het middelpunt van alle belangstelling werd, en plechtig werd vergezeld naar een tafeltje naast de open haard. De muzikanten gingen in een halve kring achter hem zitten, haalden hun instrumenten tevoorschijn en begonnen te stemmen.

'Wie is dat?' vroeg Tress.

'Dat is een heel erg droevig verhaal,' zei ik. 'Laten we weggaan.'

'Vertel het me, Sjota. Ik wil het weten.'

Dus vertelde ik het verhaal dat ik van dokter Bauer en anderen had gehoord. De jonge man was een landgenoot van mij, een zekere graaf Troganoff, de enige erfgenaam van een van de grote fortuinen van Europa, en een briljant officier van de Cavalerie Garde. Een paar jaar geleden kreeg hij tuberculose en nu was hij bezig dood te gaan in Davos. Hij had besloten om zijn laatste maanden door te brengen met wijn en zigeunermuziek, die voor hem werd gespeeld door het privéorkestje dat hij had meegenomen uit de Russische hoofdstad. Dokter Bauer vertelde me dat zijn toestand hopeloos was. De jonge man wist dat ook, maar vulde zijn laatste uren op aarde vastbesloten met vrolijkheid en plezier.

Er kwamen tranen in de hemelsblauwe ogen van Tress terwijl ze luisterde naar het verhaal. Ze legde haar hand op de mijne en hield die stevig vast.

'Sjota, het is zo heerlijk om jong, levend en verliefd te zijn.'

Toen begonnen de champagneflessen te knallen, zoals gebruikelijk was. Overal waar de stervende graaf verscheen begon de wijn te stromen, en iedereen in het etablissement werd uitgenodigd om mee te doen aan het drinkgelag.

'Zullen we gaan?' vroeg ik opnieuw aan Tress.

'Laten we nog even blijven,' zei ze.

Een van de muzikanten, een donkerharige violist, stapte naar voren, bracht zijn instrument naar zijn schouder en zigeunermuziek begon de ruimte te vullen. Plotseling trok mijn hart pijnlijk samen. Hij speelde uitgerekend de melodie die Taya op de piano in mijn appartement had gespeeld, dezelfde melodie die de jonge Ishtvan Irmey vele jaren daarvoor zo vaak had gespeeld voor die jonge Georgische edelman uit Boedapest. Het bracht de aanwezigheid van Taya zo levendig terug, dat ik het gevoel had alsof we nooit uit elkaar waren gegaan. Ik realiseerde me met een verlammende schok dat Taya mijn leven op geen enkele manier had verlaten, en dat ook nooit zou doen.

'Wat een prachtig stuk,' fluisterde Tress.

Ik zei niets, trok alleen mijn hand uit de hare en stond op. Ze realiseerde zich dat er iets was gebeurd. Ik legde wat geld op het tafeltje en liep snel naar een zijdeur, met Teresa achter me aan.

De avond buiten was helder, koud en de hemel was bezaaid met sterren. Ik hielp Tress in de wachtende slee, trok het bont omhoog tot aan onze kinnen en zei tegen de koetsier om naar de vallei beneden te rijden en gewoon door te blijven gaan. De ijzige lucht sneed in onze gezichten en Teresa kwam dicht tegen me aan zitten, instinctief warmte en troost zoekend. Heftig met elkaar strijdende emoties trokken aan mijn hart. Ik hield van Teresa, zij was de liefste op de hele wereld voor mij – op Taya na. Maar ik had diep, verschrikkelijk medelijden met haar. Waarom was het lot zo onrechtvaardig geweest om haar op het pad te brengen van dit lege omhulsel van een man wiens ziel niet langer aan hemzelf toebehoorde?

'Tress, mijn schat,' zei ik zacht in haar oor, nu zo dicht bij mijn lippen. 'Er is iets wat ik je moet vertellen, omdat ik te veel van je hou om je zelfs maar een seconde pijn te willen bezorgen. Tress... probeer het alsjeblieft te begrijpen.'

Eerst nog stotterend en onsamenhangend, toen in een meer ordelijke volgorde, vertelde ik haar gedetailleerd de hele geschiedenis van Taya en mij – te beginnen bij onze ontmoeting in Tiflis, tot aan die vreemde nacht toen ze mijn ziekenhuiskamer in Vevey binnenkwam. Teresa luisterde aandachtig zonder onderbreking, zonder een woord te missen. We reden vele kilometers omlaag het dal in, en toen gaf ik de koetsier opdracht om terug te rijden. Mijn verhaal eindigde net op het moment dat we Davos-Dorf binnenreden.

'Nu weet je alles, Tress, net zoveel als ikzelf. Maar ik hoop dat jij het beter begrijpt dan ik. Natuurlijk weet je nu waarom je weg moet gaan en me moet vergeten. Jouw leven is te jong, mooi en waardevol om te worden verspild aan iemand die de ziel van iemand anders in zich draagt. Iemand die je nooit kan geven wat je zo volop verdient – zijn totale, onverdeelde toewijding en liefde. Want Tress, en dat is Gods waarheid, ik zal nooit ophouden van Taya te houden zolang ik leef en zelfs niet daarna.'

Een stilte daalde op ons neer, alleen gevuld met het geklak van de paardenhoeven op de samengepakte sneeuw en het gekraak van de glijders. Ver voor ons uit glinsterden de lichtjes van Platz in de bevroren lucht.

Ik voelde hoe Teresa zich naar me toe keerde. Ze nam mijn hoofd tussen haar gehandschoende handen en in het vage sterrenlicht zag ik haar gezicht dicht bij dat van mij. Toen begon ze zacht en bedachtzaam tegen me te praten.

'Ik hield al heel veel van je toen we vanavond het hotel verlieten, maar ik hou nu nog oneindig veel meer van je. Toen hield ik van je om jouzelf, nu hou ik ook van je vanwege jouw liefde voor Taya. Ik wil niet dat je haar ooit zult vergeten, Sjota, want als je dat zou doen, dan zou je niet meer de man zijn van wie ik hou. Evenmin wil ik haar plaats in jouw hart innemen. Maar ik geloof en weet dat mijn liefde in jouw hart kan leven naast die van Taya. Ik weet ook dat Taya gelukkiger zou zijn als ze zou weten dat je niet meer alleen bent in deze wereld. Ik weet dat omdat ik Taya begrijp zoals niemand anders. Omdat, Sjota, ik op dezelfde manier van je hou als Taya.'

Haar woorden raakten me diep in mijn ziel. Ik bleef een moment bewegingloos zitten, sloeg toen mijn armen om haar heen en raakte haar koude lippen met de mijne aan.

'Tress,' zei ik, wanhopig proberend om orde in mijn gedachten te krijgen. 'Ik kan dit probleem niet alleen oplossen. Als ik niet van je zou houden zoals ik doe, dan zou alles simpel zijn. Maar ik hou van je, en daardoor is alles nu zo moeilijk. Ga naar huis en wacht daar op mij. Als ik ooit kom, zal ik mijn ongestoorde hart meebrengen, en anders kom ik helemaal niet. Begrijp je dat?'

'Ja,' zei ze eenvoudig. 'En ik zal op je wachten.'

Onze slee arriveerde bij de ingang van het hotel. Ik bracht Teresa naar de deur en toen ik haar hand kuste, glimlachte ze. Ik kon een groot en geduldig begrip in die glimlach waarnemen.

'Haast je niet, Sjota. Zoek en vind je rust, en kom pas naar me terug als je er klaar voor bent. Ik zal op je wachten met al mijn liefde.'

Ze beet op haar lip, draaide zich om en rende bijna naar binnen. De eiken deur sloot zich zwaar achter haar.

Het was na middernacht toen ik thuiskwam. Dokter Bauer was al naar bed, maar Erast zat zoals altijd op mij te wachten. Ik ging naar mijn kamer en ging op de rand van mijn bed zitten.

'Erast,' zei ik moe, terwijl ik met mijn hand over mijn voorhoofd streek, 'ga alles inpakken. We vertrekken morgenochtend.'

'Ja, meneer,' zei Erast neutraal, terwijl hij knielde en mijn schoenen uittrok.

11

Broeder Varlaam

In alle jaren van mijn leven had ik nog nooit mijn geboorte-
streek Samourzakani gezien in wintertooi. Als kind brachten we altijd onze winters door in Tiflis of Zwitserland.
Taya en ik waren daar in de late zomer geweest. In mijn
geest associeerde ik Samourzakani altijd met warme dagen
en de bedwelmende lucht van bloemen en vers hooi.

Maar schoonheid is schoonheid, waar die ook is en in
welke tooi ook. Terwijl de trein onze bestemming naderde,
merkte ik dat ik weer volkomen verrukt werd door mijn
land. Ondanks het feit dat de ordelijke rijen wijnstokken er
kaal en onverzorgd bij lagen tegen de hellingen van het
kasteel, waarboven de lucht zich vlak en grijs uitstrekte, had
het platteland niet zijn schoonheid verloren. Grote dennen
en ceders, beladen met verse sneeuw, stonden als schild-
wachten op de berghellingen. Onder die bomen leek de
aarde zelf een wijnachtige lucht te verspreiden, duidend op
de nieuwe en energieke groei waarmee kracht onder de
koude winterdeken werd verzameld.

Vano Maradze haalde ons af bij het station. Hij zag er iets
ouder uit en er lag een schaduw van bezorgdheid over zijn

gezicht. De punten van zijn zwarte snor, die normaal altijd omhoogwezen, hingen er nu treurig bij en hij had ook geen pommade gebruikt.

Ik omarmde hem warm. Maradze was een trouwe vriend en tevens de vertegenwoordiger van mijn geboorteland, net als Erast en de boeren met hun ernstige gezichten die naast hun bundels op het perron zaten.

'Ik heb uw paarden buiten staan,' zei hij in zijn enorm verbeterde Frans, dat hij kennelijk sprak om indruk te maken op de boeren op het perron. 'En ik heb uw komst geheim gehouden, net zoals u vroeg in uw telegram. Zelfs Agathe weet het niet.'

'Hoe gaat het met haar?' vroeg ik met een glimlach.

Diepe bezorgdheid verscheen op Maradzes gezicht. 'Ze kan nu elk moment bevallen van ons kind... ik hoop bij God dat alles goed zal gaan.'

Onmiddellijk begreep ik zijn onkarakteristieke nervositeit en onverzorgde uiterlijk. 'Dat zal heus wel,' probeerde ik hem gerust te stellen. 'Ze is niet de eerste vrouw die een kind krijgt. Je bent een gelukkig man. Je zult een prachtig kind krijgen. Je hebt al een geweldige vrouw.'

'Dat weet ik,' knikte Maradze.

Onze bagage werd in de krakende kar geladen en we gingen op weg naar het kasteel. Hoe verder we reden, hoe mooier het platteland werd. Toen we eindelijk de kolkende Igur naderden, stopten we om het zwarte lint van onstuimig water te bewonderen dat zijn weg zocht vanaf de besneeuwde bergen.

Samourzakani wachtte op ons aan de andere kant als een lieflijke bruid die een maagdelijke sluier van witte sneeuw draagt.

Ik keek naar Erast. Zijn gezicht vertoonde geen emotie, maar zijn ogen stonden wijd open en intens, vervuld van de golvende heuvels en weiden die zich nu uitstrekten in de winterse nevel achter de rivier. Toen de veerboot uiteindelijk de oever aan de andere kant bereikte stapte hij er langzaam af, knielde en kuste eerbiedig de sneeuw van zijn moederland. Er zat zo veel simpele waardigheid in dat gebaar dat ik tranen in mijn ogen voelde opkomen.

We arriveerden tegen de avond bij het kasteel. Maradze trof zijn vrouw in goede gezondheid en opgewekt aan – wat hem heel erg opvrolijkte. Hij stelde zelfs voor om te beginnen met de controle van de boeken, maar ik smeekte hem om dat nog een paar dagen te laten rusten, want ook al voelde ik me erg moe, toch had ik nog een andere missie. Mijn eerste taak zou zijn om tot een soort oplossing te komen voor de chaos van mijn eigen gevoelens. Tot ik die had bereikt kon ik geen serieuze beslissingen nemen.

Ik liep door de lege hallen en grote kamers van het kasteel, terwijl ik intussen nadacht. Alles deed me denken aan Taya en grootvader – dat simpele, gelukkige deel van mijn leven dat nu voorgoed voorbij was. Toen dacht ik aan Teresa ergens op de hoge zee op weg naar Amerika – en mijn hart deed pijn. Ik wist dat ze net zo naar mij verlangde als ik naar haar. Maar hoe hard ik het ook probeerde, ik zag geen uitweg uit het labyrint dat zich zo strak om mijn ziel had gesloten.

Ik sliep onrustig die nacht, en het merendeel van de tijd wachtte ik tot het ochtend zou worden. Toen eindelijk de dag aanbrak, bracht die een krachtige noordelijke wind, die ijsachtige deeltjes stof oppakte en die door de lucht blies.

Maradze voorspelde een sneeuwstorm nog voor het invallen van de avond, maar gelukkig bleek zijn voorspelling niet beter dan die van wie ook. Halverwege de middag nam de wind af en een volkomen blauwe lucht spankelde boven Samourzakani. Ik riep Erast, die al zijn traditionele kleren had aangetrokken, en zei hem dat hij onze paarden moest zadelen. Een halfuur later reden we over de kasteelbrug en waren we op weg naar de heuvels.

De wegen waren ijzig en waren bedekt met een dun laagje sneeuw, waardoor het rijden traag en moeizaam ging. We slaagden er met succes in om het smalle pad te passeren waar twee zomers geleden ons gezelschap in de val had gezeten achter de aardverschuiving. Toen hield ik mijn paard in.

'Erast,' zei ik, 'keer om en ga terug naar het kasteel. Zeg tegen Maradze dat hij zich geen zorgen hoeft te maken. Ik ga de nacht doorbrengen in Iliori. Wacht hier morgen op mij onder deze dennenboom.'

'Ik ga met u mee, meester.'

'Nee, Erast, ik moet alleen gaan.'

'De paden zijn moeilijk te vinden, meester. Ik ga met u mee.'

Ik legde mijn hand op zijn schouder. 'Luister naar me, Erast. Jij bent de enige man die het verdriet in mijn leven kent. Nu moet ik met de enige man gaan praten die me de weg erdoorheen kan wijzen. Daarvoor moet ik alleen zijn. Ga terug en maak je geen zorgen. Ik kan de weg wel vinden. Morgenochtend zal ik hier onder deze boom staan.'

Ik wendde mijn paard en reed weg over het smalle pad dat de heuvel op liep. Nadat ik de top had bereikt, stopte ik en keek om. De gestalte van Erast en zijn paard stonden nog op dezelfde plek als waar ik ze had achtergelaten, als een silhouet tegen de sneeuw en zo klein als speelgoed. Ik zwaaide naar Erast en die zwaaide terug – maar het leek anders dan zijn gebruikelijke gebaar. Vanaf de plek waar ik stond leek het op een kruisteken. Ik vervolgde mijn rit naar het klooster, dat in mijn herinnering ergens achter de volgende bergketen was.

Maar ik had mijn gevoel voor richting overschat. Al snel ontdekte ik dat ik hopeloos verdwaald was. Ik reed eindeloos door, maar het oude klooster doemde niet op. Ik draaide me om, reed naar links en toen naar rechts, stak paden over en deed dat opnieuw, maar het enige wat ik zag waren nog meer witte heuvels vol groene en zwarte bomen. Ze leken allemaal onaangenaam veel op elkaar. Toen begon de zon onder te gaan en zwarte vlakken begonnen zich te verzamelen in de valleien. Voordat ik het wist was het helemaal donker geworden, en toen ik opkeek zag ik dat de hemel ineens bezaaid was met duizenden sterren.

Ik bracht mijn vermoeide paard tot stilstand en probeerde een oplossing te bedenken voor wat nu een hachelijke situatie begon te worden. Het probleem was dat, zelfs als ik terug zou willen gaan, ik weinig kans had om mijn eigen kasteel te vinden. Ik dacht dat ik het grote overzicht wel had en tuurde in de duisternis, om te proberen een vaag bekend patroon te ontdekken in de rijen bergsilhouetten. Toen merkte ik plotseling niet zo ver bij me vandaan een flikkerend lichtje op. Met mijn ogen erop gericht reed ik snel door een klein ravijn en herkende algauw recht voor me de half ingestorte muur van het oude klooster. Het leek erop dat ik op nog geen kilometer van mijn bestemming de weg was kwijtgeraakt.

Ik steeg af en leidde mijn paard in de richting van de poort. Al snel kwam ik bij de lantaarn die achter het ijzeren traliewerk van de poort brandde. Ik hoorde het geratel van zware bouten en een stem die ik meteen herkende.

'Bind je paard maar vast aan de omheining, mijn zoon. Een van de broeders zal ervoor zorgen.'

Ik volgde die instructie en betrad de binnenplaats van het klooster. Broeder Shalva stond daar lang en rechtop, staf in de ene hand, lantaarn in de andere. Het flikkerende licht van zijn kaars wierp een veranderlijke gloed op zijn oude gezicht en zijn dunne witte baard.

'Wat brengt je hierheen op dit uur van de avond?'

'Ik kom hier voor uw advies, eerwaarde.'

Ik boog mijn hoofd en broeder Shalva zette de lantaarn op de grond en zegende me. Toen pakte hij de lamp weer op.

'Volg me.'

We liepen de binnenplaats over, gingen een donker gebouw binnen en liepen een gewelfde gang door.

'Deze kant op...'

Hij opende een deur en leidde me een kleine kamer in – waarschijnlijk zijn eigen cel. Niet meer dan een koud stenen hok van ongeveer drie vierkante meter, volkomen kaal, op een klein altaar en een rij iconen na. Een smal strooien bed lag keurig in de hoek, netjes bedekt met een grijze deken, en niet ver daarvandaan leunde een kleine eiken bank tegen een van de muren. De cel had geen ramen en er druppelde water van de ruwe granieten muren.

Broeder Shalva sloot de deur en blies de lantaarn uit. Het enige licht dat er nog was kwam van de trillende tongen van de icoonlampen die helder reflecteerden op het goud van de beeltenissen. De stilte was compleet en de tijd leek plotseling alleen nog aan de andere kant van de deur te bestaan.

Broeder Shalva leek nauwelijks veranderd sinds mijn laatste bezoek. De jaren hadden weinig invloed gehad op zijn tijdloze gezicht. Alleen zijn ogen waren misschien iets meer weggezonken onder de benige bogen van zijn wenkbrauwen, en zijn baard was witter en dunner geworden. Maar zijn lichaam had nog steeds dezelfde jeugdige soepelheid. Hij zette zijn staf in de hoek, deed zijn zwarte kalot af en hing die aan de muur. Daarna maakte hij de strakke boord van zijn habijt losser. Hij ging zitten aan de ene kant van de bank en glimlachte vriendelijk.

'Ga zitten en laat me je verhaal horen. God zal de weg vinden om vrede in je hart te brengen als je dat helemaal voor Hem opent.'

Ik ging aan de andere kant van de bank zitten. Broeder Shalva richtte zijn blik op de grond en bereidde zich voor om te luisteren. Zijn perkamentachtige gezicht kreeg een uitdrukking van grote sereniteit, en zijn lichaam leek de roerloosheid van een marmeren beeld aan te nemen. Het enige wat deze illusie verstoorde, was zijn oude verwelkte hand die af en toe bewoog om over zijn baard te strijken.

'Ik luister.'

Ik had mijn verhaal van tevoren al voorbereid, maar toen ik daar eenmaal zat slaagde ik er niet in om dat vooraf bedachte verhaal te vertellen. In plaats daarvan persten mijn emoties de woorden naar buiten in een onstuimige, opgewonden stroom. Ik sprak over Taya en mijn eeuwige liefde voor haar, over mijn liefde voor Teresa, en hoe deze twee diepe en oprechte liefdes zo hopeloos met elkaar verweven waren. Ik legde uit hoe mijn ziel niet langer kon onderscheiden waar de ene liefde eindigde en de andere begon. Het was een onsamenhangend verhaal over geestelijke en emotionele gekweldheid, en het stroomde uit mijn hart zonder enige logica of samenhang.

Nadat ik alles had verteld, stopte ik en keek op. Broeder Shalva zat daar nog net zo onbeweeglijk als toen ik begon, zonder zich te bewegen. De stilte werd steeds intenser. Ik kon het bloed door mijn slapen horen suizen, en het klonk als het doffe gebulder van opkomende vloed. En nog steeds kwam er geen beweging in broeder Shalva.

Uiteindelijk sloeg hij zijn ogen op en keek me recht aan. Ik voelde de natuurlijke, zuivere kracht van zijn blik toen zijn woorden duidelijk en helder op me afkwamen.

'Ik heb naar je woorden geluisterd. Je hebt gesproken over twee liefdes die naast elkaar in je hart wonen. Je hebt gesproken over Taya's liefde, over Teresa's liefde en over je eigen liefde, alsof er veel soorten verschillende liefdes op deze wereld zijn. Maar mijn zoon, er is maar één soort ware liefde; niet de liefde van Taya, niet die van Teresa, niet die van jou of die mij, maar de liefde van God. Als het ware liefde is die je in je ziel koestert, dan zal die nooit worden verdeeld, nooit minder worden of verdwijnen. Wie weet, misschien heeft God in zijn wijsheid jou uitgekozen om een dubbele hoeveelheid van zijn goedgeefsheid te schenken. Dan moet je deze grote verantwoordelijkheid met dankbaarheid en nederigheid aanvaarden, zonder misvattingen of angst.'

Hij pauzeerde, keek even naar het kleine altaar en ging toen verder: 'Ware liefde doordringt en beweegt al Gods scheppingen op deze aarde en daarboven, en is eveneens zijn werk. Als zodanig bezit die een onmetelijkheid en eenheid die niet kan worden verbroken of in eigen bezit kan worden gehouden. Zodra die liefde aan stukken wordt gescheurd, verliest deze haar goddelijkheid en onsterfelijkheid, en wordt onzuiver en onderhevig aan verval en vernietiging.

Er is maar één God. Die is oneindig, tijdloos, onmetelijk, en al zijn werk is oneindig en onmetelijk en kan niet worden verdeeld. Toch weigert de mens, in zijn blinde hebzucht naar dingen die hij zijn bezit kan noemen, om dit één zijn te aanvaarden. In plaats daarvan probeert hij die in vele stukken te breken, neemt die delen weg en verkondigt dan dat die van hem zijn. Hij kan niet begrijpen dat wat hij koestert als levende delen van Gods schepping, slechts zielloze, dode dingen worden, gespeend van elke zin en waarde, zodra ze niet meer verbonden zijn met God.'

Hij stopte even, en toen verdween zijn ernstige uitdrukking en voegde hij er op zachtere toon aan toe: 'Laat je niet verwarren door twijfels, mijn zoon. Want als Taya's liefde echt is, dan is die van Teresa dat ook. Als Teresa's liefde echt is, dan is die van Taya dat ook, omdat ze beide één zijn, en omdat ze allebei van God zijn.'

Even was ik sprakeloos, toen verzamelde ik mijn gedachten.

'Dan, eerwaarde...' begon ik aarzelend, maar broeder Shalva onderbrak me vriendelijk.

'Ja, mijn zoon. Het maakt voor God helemaal niets uit wie van de twee vrouwen van wie je houdt, jouw aardse bruid wordt. Maar het maakt alles voor Hem uit als je ooit toestaat dat ontrouw de ware liefde vergiftigt die Hij aan jouw hoede heeft toevertrouwd.'

Plotseling had ik het gevoel alsof een groot gewicht van

me was afgevallen. In plaats ervan leek een enorme golf van vreugde me bijna mee te sleuren.

'Dank u, eerwaarde,' fluisterde ik.

De oude man stond op. Ik boog mijn hoofd opnieuw, en opnieuw zegende hij me. Ik nam zijn gerimpelde hand en kuste die eerbiedig en dankbaar.

'Nu zal ik je naar je slaapplaats brengen,' zei hij, terwijl hij weer zijn staf pakte.

Ik liep met hem naar de deur, toen me plotseling iets te binnen schoot. Ik stopte abrupt en de oude man keek vragend naar me om.

'Eerwaarde...' zei ik, aarzelend terwijl ik probeerde de juiste woorden te vinden. 'De vrouw van wie ik hou is van een ander geloof.'

Broeder Shalva trok zijn witte wenkbrauwen samen.

'Hoe bedoel je, van een ander geloof?'

'Ze is katholiek, eerwaarde.'

De wenkbrauwen van de broeder bleven heftig stormachtig samengetrokken. 'Ik ben verbaasd over je, mijn zoon, en je maakt me bedroefd. Welk ander geloof is er dan geloof? Bracht onze Heer Jezus Christus niet tien evangeliën in de wereld? Mensen, en alleen mensen, hebben die op tien verschillende manieren verdeeld, ieder voor zichzelf.'

Broeder Shalva sloeg toen zijn arm om me heen en leidde me de cel uit. We liepen een donkere gang door en toen opende hij de deur van een andere, nog kleinere cel, vaag verlicht door een icoonlamp. De kleine ruimte was volkomen kaal, op een hoop stro in de hoek na.

'Ga daar slapen. Stro is niet het zachtste bed in de wereld, maar Onze Heer vond het comfortabel genoeg voor zijn eerste dag op aarde.'

Broeder Shalva zegende me opnieuw en liep de cel uit, waarna hij de deur achter zich sloot. Ik was emotioneel zo uitgeput en fysiek zo moe dat ik me meteen op het stro liet vallen, waar een barmhartige slaap me meteen omvatte.

Toen ik mijn ogen opende stroomde het stralende licht van een nieuwe dag door de sleuf van het smalle raam van de cel naar binnen. In deze schittering zag de ruimte er nog armoediger uit dan de vorige avond. De kale muren waren bedekt met schimmel en druipend water, maar toch voelde ik me op een rustige manier gelukkig.

Ik ging rechtop zitten en probeerde alles te bevatten wat er was gebeurd. Erast zou nu op me staan wachten onder de grote dennenboom. We zouden naar het kasteel rijden, en daar zou ik iemand naar het station sturen met een telegram, bestemd voor Baltimore. Daarin zou ik Tress laten weten dat ik onderweg was om me bij haar te voegen. Ik stond op, neuriede een vrolijk wijsje en schudde de losse strootjes van mijn kleren.

Ik liep de gang op, die donker en verlaten was, en merkte dat ik praktisch tastend mijn weg moest zoeken naar de cel van broeder Shalva. Ik klopte maar er kwam geen reactie, dus duwde ik de deur op een kier. Ik zag dat de cel leeg was, op het zachte licht van de icoonlampen na. Ik stapte naar binnen en keek naar het altaar. Tussen de relikwieën van de Grieks-orthodoxe heiligen zag ik een klein beeldje van de Heilige Teresa van Avila.

Ik knielde voor het altaar en zei een kort gebed. Toen liep ik de gang weer op en zag dat er daglicht door de kieren van een deur aan de andere kant stroomde. Deze keer vond ik mijn weg zonder moeite. Toen ik de deur opende werd ik onmiddellijk verblind dor de witheid van de sneeuw en de blauwheid van de hemel.

Het kostte mijn ogen een paar seconden om te wennen aan de overvloed van licht. Toen zag ik dat ik op de binnenplaats van het klooster stond. Mijn paard, dat er uitgerust en fit uitzag, stond bij de muur terwijl een jonge man in een zwart habijt het zadelde met de snelle bewegingen van een ervaren bergruiter.

'Goedemorgen, broeder...' begon ik. De man keek me aan en glimlachte vanachter zijn keurig geknipte baard.

'...broeder Varlaam,' hielp hij me om mijn zin af te maken. 'Ik hoop dat je een goede nacht hebt gehad?'

'Zeker, eerwaarde, dank u wel. Wat is de kortste weg van hier naar de weg naar Samourzakani?'

De monnik dacht even na. 'De paden zijn nu bedekt met sneeuw. Maar als je deze beek volgt tot aan de groep ceders beneden in de vallei, dan linksaf slaat en dwars door de kloof rijdt, dan kun je niet verkeerd rijden. Ga rechtdoor totdat je bij de weg komt, sla dan rechtsaf en volg de hele weg tot aan het kasteel.'

Ik bedankte hem en hij overhandigde me de teugels van mijn paard.

'Een ogenblik,' zei ik terwijl ik hem de teugels teruggaf. 'Ik moet nog even afscheid nemen van broeder Shalva. Waar denkt u dat ik hem kan vinden?'

Broeder Varlaam keek me verwilderd aan. 'Broeder Shalva?'

'Ja.'

De monnik knipperde een paar keer met zijn ogen. 'Maar broeder Shalva is dood,' zei hij simpelweg.

'Wanneer dan?' fluisterde ik van mijn stuk gebracht.

De monnik keek naar de schapenwolken die langs de hemel dreven.

'Vorige Pasen, bijna een jaar geleden.'

Ik sprong in het zadel en reed bij het klooster vandaan, terwijl ik de bruisende beek volgde.

12

Opnieuw de barones

De oude barones sloeg de bladzijde om en ontdekte dat het de laatste was.

Voorzichtig voegde ze de vergeelde bladzijden samen en verpakte ze weer in het zachte papier met zijn versleten vouwen. Ze legde het nette pak op het tafeltje naast het hare en keek toen voor het eerst sinds twee of drie uur om zich heen.

De met sneeuw bedekte bergen van Samourzakani smolten weg voor haar ogen, en maakten plaats voor de bovenverdieping van het Café de la Colombe in Parijs. Haar koffie had ze niet aangeraakt; die was nu koud en was bedekt met een wittige film van melk. Maar in haar ogen zag het er vreemd genoeg uit als het nieuwe ijs dat zich verspreidde over het bevroren meer bij Davos. Toen nam ze langzaam de veranderingen in de wereld om zich heen waar.

Om te beginnen was de dag buiten verder gevorderd. De frisse blauwheid van de hemel was overgegaan in een donkerblauwe versie van zijn eerdere versie. De rook uit de ontelbare schoorstenen was verbleekt tot een grijsblauwe kleur, en een eenzaam vliegtuig zocht nu zijn weg door de leegte in de richting van de horizon.

De ober met rossig haar en een sproetige mopsneus kwam op het tafeltje van de barones af gelopen.

'Wilt u nog iets anders, madame?'

De barones keek op naar hem en had plotseling het gevoel alsof een oude bladzijde van haar jeugd openviel. Het gezicht van de ober kwam haar zo vreemd bekend voor.

'François...' fluisterde de barones alsof ze in zichzelf praatte. 'Nee, jij kunt François niet zijn...'

'O nee, madame,' zei de ober. 'Ik ben Gaston. François is mijn vader. Die heeft hier vele jaren geleden gewerkt.'

'Waar is hij nu?'

'Thuis, madame. Hij is meteen na de Stavisky-affaire met pensioen gegaan. Zijn ogen werden slecht. Wenst u nog iets, madame?'

De barones opende haar tas, rommelde er even in en haalde er toen een oud vernikkeld plaatje uit. Het had al lang geleden zijn oorspronkelijke glans verloren. Het nikkel was op diverse plaatsen versleten, maar het getal 9 was nog steeds goed zichtbaar.

'Wil je dit alsjeblieft aan je vader geven, Gaston,' zei de barones, terwijl ze het plaatje aan de ober overhandigde.

Hij nam het weifelend aan.

'Ja, madame.'

De barones haalde een bankbiljet tevoorschijn en legde dat naast haar koude koffie.

'Vraag hem of hij zich nog twee jonge geliefden herinnert die hier lang geleden eens zijn geweest, toen hijzelf ook nog jong was. Hij gaf dit plaatje toen aan hen als een teken van geluk. Hij zal het zich vast nog herinneren.'

De barones stond op, pakte het ingepakte manuscript van het tafeltje, keek naar de verwarde ober en glimlachte plotseling.

'Vergeet niet om hem te vertellen dat zijn teken van geluk goed heeft gewerkt, dat ze een lang en heel gelukkig leven hebben gehad.'

'Ja, madame.'

Ze draaide zich om en liep de zaal door in de richting van de deur, indrukwekkend lang en rechtop, langzaam en gebiedend, als een oude koningin die haar laatste audiëntie heeft gehouden.

Nawoord van de Engelse uitgever

Toen dit boek voor het eerst werd gepubliceerd in 1949, was de tekst duidelijk niet geredigeerd – vreemd, gezien het feit dat Engels de vijfde taal was van de auteur (na Georgisch, Russisch, Frans en Duits). Deze taak is nu verricht onder het toeziende oog van de zoon van de auteur, Charles Tchkotoua. Als gevolg hiervan is de tekst nu opgeschoond, al moet nadrukkelijk worden vermeld dat dit slechts in lichte mate is gebeurd. Een aantal te vaak herhaalde of overbodige woorden is eruit gehaald, en de woorden 'was' en 'en' komen wat minder veelvuldig voor. Daarnaast zijn een paar woorden vervangen op een manier die ze duidelijk dichter bij hun bedoelde betekenis brengt.

Wat misschien meer op zal vallen is dat sommige archaïsche namen en spellingen onveranderd zijn gebleven, in overeenstemming met de geest van de tijd waarin ze werden geschreven. Tbilisi, de Georgische hoofdstad, wordt Tiflis genoemd (hoewel deze naam nog steeds vaak wordt gebruikt door Duitsers en Scandinaviërs) en de rivier de Mtkvari, die door het centrum van de stad loopt, wordt de Kura genoemd, wat de Russische naam is. Ook voor de stad Batumi wordt de Russische vorm Batoem gebruikt, net zoals de rivier de Inguri de Ingur wordt genoemd, en de provincie Samegrelo hier Mingrelië heet. Zo is ook de naam Roestaveli, de nationale dichter van Georgië uit de twaalfde eeuw, gebleven zoals die werd geschreven – Roustavelli, hoewel tegenwoordig niemand nog die naam op deze manier schrijft. Een uitzondering op deze russificatie is de naam Samourzakano – die de auteur om de een of andere reden als Samourzakani schreef. Er moet in gedachten worden gehouden dat de auteur is opgegroeid in wat in werkelijkheid Russisch Georgië was, en in 1921 het land verliet, net voor de bolsjewistische invasie en de verdwijning van Georgië achter het IJzeren Gordijn. In die tijd speelde de Russische taal een veel grotere rol dan nu en sommige Georgiërs, vooral de aristocraten, werden opgevoed in Russisch sprekende huishoudens, en kregen hun schoolopleiding op Russische scholen, in Georgië of in het buitenland. Een flink aantal russificeerde zelfs de uitgang van hun Georgische achternaam. De hoofdpersoon Taya wordt geïntroduceerd als geboren in het verre land dat de icoon van Onze Lieve Vrouw van Iberia vereert, waarvan men aanneemt dat dit Georgië moet zijn; toch spreekt ze geen Georgisch. Het lijkt waarschijnlijk dat ze afstamt van de Russische families die naar het zachte zuidelijke deel van hun imperium verhuisden – om later buiten Georgië een schoolopleiding te volgen. Toen Nicholas Tchkotoua in 1921 Georgië verliet, werd er op bijna alle scholen Russisch gesproken, en veel Russen die gingen wonen in Georgië, stuurden hun kinderen naar Moskou of Sint-Petersburg om daar hun schoolopleiding te krijgen. Eind negentiende eeuw en begin twintigste eeuw waren er niet alleen in Georgië veel Russen, maar ze hadden zich over heel Europa verspreid – zoals tegenwoordig in steeds grotere mate het geval is.

Na eeuwen van moslimaanvallen en de complete vernietiging van Tbilisi in 1795 door de Perzen nodigden de Georgiërs de Russen uit om hen te helpen bij de bescherming van hun land. Ze kwamen, stelden een onderkoning aan, lijfden Georgië in bij het Russische Rijk en schaften toen de Georgische monarchie af. Ze probeerden ook de Georgische orthodoxe kerk te laten opgaan in die van henzelf, maar dat mislukte.

Voor wat de genoemde geschiedkundige feiten betreft: hoewel dit een roman is en geen beschouwing van feiten, is het toch goed om stil te staan bij de bewering dat het Georgische schrift werd ontwikkeld in de achtste eeuw v.Chr. Hoewel er in de Georgische literatuur wordt gesteld dat de oorsprong van het Georgische schrift erg oud is, zijn er tot op heden geen bewijzen dat dit ouder zou zijn dan de vierde eeuw n.Chr. De Georgische taal zelf ontstond al in de prehistorie en heeft zijn eigen unieke taalfamilie – de Ibero-Kaukasische groep. Voor wat betreft de verbanden tussen de Georgische en de Baskische taal, hoewel die duidelijk bestaan, houdt men zich daar tegenwoordig niet meer zo enthousiast mee bezig als in de tijd waarin dit boek werd geschreven – halverwege de jaren veertig.

In hoofdstuk twee wordt gezegd dat Kartlos, de achterkleinzoon van Noach, de stichter van de Georgische natie was in de twintigste eeuw v.Chr. Dit is de traditionele Georgisch-orthodoxe interpretatie van de stichting van het land. De wetenschap heeft echter nog steeds geen duidelijke bron weten vast te stellen voor het Georgische ras en de Georgische taal.